U0036325

魔豆

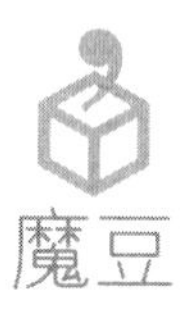
魔豆

SEA
VOICE
古董店
卷三 校園不思議
林綠Woodsgreen 著

陰冥
小店員的資優生學姊。
吳以文
古董店小店員。
連海聲
古董店店長。

SEA
VOICE
古董店
人物介紹

林律人
林家三少爺。
楊中和
一等中十三班班長。
童明夜
體育班隊長。

SEA VOICE古董店

卷三

目錄

一、新生入學

「連姑娘，事情是這樣的。」

古董店開業前一天，連海聲抱胸站在櫥窗前，搬貨工人進進出出；而就在他忙得半死、天氣又熱、心情惡劣的時候，卻被一名神經病叫出去聽對方說瘋話，連海聲非常不高興。

「陸某知曉妳是這家店的主人，想和妳談筆生意。」

「先不說別的，我是男的好嗎？」連海聲撥了下及胸長髮，工人們爲了貪看此等美色，不愼撞上琉璃大門。「混蛋，小心點！敢砸了我東西，要你脫光來賠！」

「哎，妳眞是我見過最會說笑話的美人。」神經病款款笑了笑。

連海聲已經記不清是什麼時候被這個姓陸的瘋子纏上，也不須要記得。眼前的年輕人約莫二十上下，一頭蓬鬆亂髮，穿著狗啃般的上衣和快洗成白布的破牛仔褲，只有劉海下一雙眼格外出塵。店長閱人無數，見過許多被隔離的精神病患眼神都不太正常。

爲免夜長夢多，連海聲打算今天一口氣解決掉神經病，想辦法讓他吃牢飯，然後全力誣陷，讓他一輩子別出來危害社會。

「你想要什麼？」店長經過一番思量，決定進入正題。

「在下有意買下貴店的貓，以及令貓養的小貓咪。」

對方的神情太過認眞，害連海聲一時間忘記市分局的電話幾號。

就在古董店昏暗的一隅，穿著白襯衫的少年抱著一隻大虎斑貓，動也不動發著呆，五官白淨清秀，像是上等的人偶娃娃。

「爲什麼？」

「祂犯顏進諫被貶下凡，替祂贖身，算是順水人情。」

很抱歉，連海聲完全無法理解。

「祂很堅持要帶那孩子一起走，陸某無法，就請連姑娘一道開價吧？」

連海聲深吸口氣，祭出中指：「給我去死！」

沒錯，他是嫌養貓麻煩，還爲此和店員發了頓脾氣，但遇到一個想買貓然後說要順帶買人的瘋子，連海聲想不到有什麼更好的答覆。

「請妳再考慮看看，我保證會爲他尋到合適的人家。」

「沒什麼好考慮的！」

神經病向店長欠了欠身，逕自走向店內，蹲下來同少年搭話。少年破天荒有了反應，朝瘋子搖搖頭。

連海聲轉過身，心浮氣躁地指揮工人搬運路線。他剛才聽到「合適的人家」，不免心頭一動，一時間竟然認眞看待了神經病的說詞。他從五年前就想擺脫掉那個拖油瓶，還特地替他選了好家庭收養，雖然當初送去的是個一無是處的孩子，但至少會笑、會說話，沒想到回收之後煮飯、掃除樣樣都會，卻也得了自閉症，完全與人隔絕。

從此，少年就像出清不了的商品，骨鯁在喉。

連海聲眼角餘光瞥過，上一刻還在和店員說話的大學生消失無蹤，只剩下一隻伸懶腰的虎斑貓。

等貨品安置好，店長立刻把辛苦的工人們惡聲惡氣揮斥開來，不想再看見任何閒雜人等出現在面前。這種不親切的性格實在不適合從事服務業，但他偏就要當店長才高興。

連海聲正感到口渴，桌上就出現泡好的熱茶，制式為他斟上半杯。

「以文，剛才那個誰跟你說了什麼？」

「很多。」吳以文每次出聲，連海聲都忍不住皺眉。大概因為不常說話，店員咬字都有種說不出的勉強感。

「很多是什麼？你不能回答得清楚一點嗎？我以後可是要開店做生意！」

吳以文依令答覆：「他說我是活著的亡魂，命途多舛，老闆身邊危險，要找新家給我。」

店長瞪著店員空洞的眼神，「活著的亡魂」，形容得還眞貼切。不過，他自己也是隻無血無淚的惡鬼，對熱騰騰的生命沒有興趣。

吳以文呆板而微弱地說：「想待在老闆身邊。」

平常人或許會忍不住回應這孩子對自己的依賴，好像人生只爲自己而活，但連海聲只是遞出開學通知書。

「眞受不了，看到你就心煩，明天給我像個十五歲少年去上學！」

「上學？」吳以文恭敬接過印有自己名字的單子，上頭印著醒目的「恭喜」兩字，但他不懂哪裡值得慶賀。

「就是到一所叫『一等中』的學校和一群同年齡的小孩學習知識，我可是爲你關說到全市最好的高中，好好心存感激。」連海聲被變態女醫生唸到耳朵長繭（你一定要讓他接觸社會生活，不然他生活圈只有你一個垃圾，太可悲了！），終於百忙中抽空幹了件監護人該做的事——把麻煩扔到公家托兒所去。

「可是……」

「沒有可是！」

「他說學校也危險。」

「什麼？」連海聲三秒鐘就把神經病忘得乾淨。

吳以文還記得道士那雙透明眼珠泛起的幽光，與惡意無關，只是有些困惑和惋惜。

「你怎麼就死在那兒了呢？還死得那麼慘。」

一群少年騎車呼嘯而過，過了老社區的交叉路口，帶頭的小流氓看向亮起燈光的古董店，手勢一揮，再次折返回來。

「哦，開新店啦！」

小流氓後座及身旁兩個跟班，立刻逢迎上意，學著他們老大揚起壞笑。

「夜老大，要去交關一下嗎？」

一身皮衣的小混混頭子咧開惡劣的嘴角：「裝潢看起來那麼有錢，當然要來做一下朋友啦！」

小流氓老大把一干手下留在店外，隻身推開琉璃門板，銅鈴清響，裡頭堆滿紅漆竹籠，只有一個與他年紀相仿的少年忙著整理物品。

「叫你們老闆出來！」童明夜側腳踹了下牆邊水晶櫃，聲音效果不錯，成功引來店員注目。

吳以文放下抹布，直挺走來，童明夜用食指去刮那張文弱的臉龐。

「長得很可愛嘛，笑一個給哥哥看……哇啊！」

外頭待命的手下們聽見老大的尖叫聲，隨即琉璃門板大開，童明夜整個人被店員像拎垃圾一樣，從店門用力拋擲上大街，摔個狗吃屎。

童明夜咬牙起身，推開手下的扶持，殺氣騰騰衝到吳以文面前，才握好拳頭，腹部就受到強烈撞擊，讓他只能跪在人行道乾嘔。從腹部傳來的疼痛讓他明白這不是什麼巧合，而是雙方實力太過懸殊。

可是一個小白臉竟然打贏十來歲就在刀口上生活的他，要他臉往哪裡放？

「你叫什麼名字！你完蛋了你！」

童明夜再次上前抓起服務生的白領口，吳以文看著他就像看著大型不可燃廢棄物。

「你別太囂張，給我看好，這是什麼？」童明夜亮出口袋的槍，本以為能把對方嚇得手腳發軟，吳以文卻後仰腦袋，往前賞他一記頭搥。

「夜老大！」小混混們七手八腳扶起第二次大字形倒地的童明夜，見他鼻血流得滿臉都是，忍不住小聲勸道：「那傢伙感覺很怪，好像腦子有問題，走啦！」

童明夜抹開鼻血，搖晃著身子對吳以文比出中指，死都忍不下這口鳥氣。

「喵。」

吳以文聽見貓叫，立刻把小混混撇到一邊，走兩步到街角蹲著。

「胖貓，玩到現在才知道回來？不乖！」店員專心撫摸散步歸來的虎斑貓，無視一大群人和對著他的機車大燈。

「喂，你有沒有在聽我說話！」童明夜拉開嗓門大吼，吳以文卻抱起貓，頭也不回地走回店裡。

童明夜氣到發抖，就這麼被古董店店員徹底忽視。

「夜老大，快到管區巡邏的時間了。」

童明夜哼了聲，市分局高層和慶中幫主稱兄道弟，所謂條子也不過是錢與權的走狗。

「我們聽說警局頭子換人了，姓吳，好像是個虐待狂，被抓進去的都只剩半條命出來。」

眼見手下們有些膽怯，童明夜無法像他們幫主把人當狗踹兩下教訓，只是在店門外吼住那個沒有表情的男孩子。

「這裡從今天開始是我童明夜的地盤，這筆帳你最好牢實記住！」

開學首日，林律人起了個大早整理儀容，他剛搬回本宅不久，相熟的人只有老管家成叔。

二表哥前陣子和人起衝突，打到斷腿住院（對外宣稱車禍），一早就能聽到二舅媽數落表哥的聲音，逼兒子撐著拐杖也要到學校去。

其實林律人眞希望二表哥能多休息一陣子，這樣他下來吃早餐就不用看見二舅一家人和樂融融。

雖然他名義上也是林家公子，但與正統出身的大表哥林律品、二表哥林律行不同，他是大伯父收養的義子，與林家有關係的母親早死在五年前大火的婚禮上。

林家接受他，把他養育成人，但最多也只有如此。

想到這裡，林律人趕緊打好黑細領帶，出房下樓。雖然對學校沒什麼好感，但至少不用待在這個家，可以自在呼吸。

「律人，來吃！」林律行無感林律人苦悶的心情，熱情招呼家裡最小的弟弟。「我跟你說，一等中是我的老地盤，誰敢欺負你，報上我的名號就對了！」

「誰教你耍流氓！」二舅媽直接巴下兒子腦袋，「送你去習武不是叫你耍拳腳，而是修習性情！看看你這雙斷腿！竟然打輸年紀比你小的，丟臉死了！」

「我也好歹扭斷他那雙手了呀，只是他當晚就出院了。」林律行委屈得很，好在寡言的父親默默倒牛奶安慰他。

「謝謝二舅。」林律人也得了一塊長輩親手切好的三明治。

「律人，阿品說你在國外和人處不來，大伯才叫你搬回家裡。」

林律人沒有否認，只是向桌上三人微微點頭：「我會多學著和人相處。」

長輩們雖然沒有當眾表明，但下任家主約莫從他們這一輩的男丁選起，這也是大表哥林律品討厭他的主因，其他人只是沒表現出來罷了。既然他不可能從中獲得任何好處，還不如留個瑕疵，避免引起敵意。

更何況他已經是旁人眼中的幸運兒，應該再開朗一點，不該表現出任何委屈。

「那麼，舅舅、舅媽、小行表哥，我先出發了。」

林律人走前依稀聽見林律行咕噥：「你不要這麼客氣啦！」

——沒有辦法，因為我不是你們眞正的家人。

林律人直到在前庭與等候他的管家伯伯會合，才敢放鬆下來。不照家裡規矩，強要坐前座，老管家也由著他撒嬌。

「我的小少爺，還習慣本家嗎？」

「嗯。」林律人悶悶應了聲，「成叔，我能不能搬去和您住？」

老管家只是慈祥地笑了笑。林律人以為家人就是如此，說話再任性、表現得再孩子氣，對方還是喜歡他，不論聰明愚笨，都覺得他很好。

「希望小少爺能在學校交到新朋友。」

「朋友？」林律人在書中經常看見這個名詞，意思是志同道合的伙伴。他的出身讓一般人嫉妒他，世家子弟看不起他。沒關係，他也不需要任何人。

老管家成叔和藹地說：「律人少爺，我年輕時就來到林家，見了許多別人一輩子也無法想像的故事。這世上沒有不可能的事，請您放開心胸去探索。」

早上七點半，吳以文穿上制服，拎起皮製的黑書包，看上去就是個有模有樣的高中生，只是還賴在店裡不走。開學第一天就拒絕上學，外面的世界對他而言就像張牙舞爪的惡犬，去學校不知道能不能剩條尾巴回來？

虎斑貓飛撲撞上小店員的後腰，就算很痛，吳以文還是抓著門板不放。

「文文，陪我？」吳以文徵詢好伙伴的支援，貓咪露出不屑的表情。「可惡！你這隻無情的胖貓！」

連海聲被前店吵鬧聲弄醒，披髮赤腳走來。大清早就見到店員低身拱起後背，用力拖拉店寵的前足，活像兩隻貓在打架，使店長更加堅定把笨蛋送去學校再教育的決心。

「以文，過來。」

小店員頂著亂髮在店長面前立定站好，連海聲指尖順了順男孩的髮絲，低身替他繫正領帶。

「外表是給人的第一印象，是群體生活的鎧甲，在外頭，隨時隨地都要穿得體面，知道嗎？」

吳以文乖順地點點頭，從店長輕柔的動作察覺到一絲連海聲對自己的期待。

「以文，我記得開學第一天八點報到吧？你只剩十分鐘了。」連海聲本身是企業界聞名的遲到大王，但要求別人準時毫不手軟。「你沒上過學，不知道晚去會怎樣吧？」

吳以文睜大橄欖圓眼珠，連海聲特意哼笑兩聲加強戲劇效果。

「晚了，學校大門會關上，還會放出狗來喔！」

這種話應該沒有十五歲少年會被騙，但吳以文聽了趕緊拎著書包衝出門，又風風火火折回店裡。

「老闆再見、文文再見！」

「笨蛋再見。」連海聲垂眸笑了下，右眼隱隱閃動美麗的藍色波光。

吳以文從倉庫牽出銀色自行車，把書包拋在前籃，拉高前輪，往寧靜的街道噴射出發。

夏末的早晨，日光正是明媚。

吳以文在鐘聲響完的最後一秒，及時駛入即將關閉的校門，卻被守門教官一把攔下。教官氣呼呼地給不長眼的新生訓話：腳踏車進校門要用牽的，這麼盲衝是要撞死人嗎？

「區區人命，我會賠錢。」吳以文照店長一貫的處事模式說道。

教官大怒，吳同學就這樣被訓話到上課鈴響才搭著自行車把手步行到車棚。車棚非常老舊，沒有做好規劃，停不下的單車只能隨地擱置。

「小銀一號，委屈你了。」吳以文拍拍腳踏車坐墊，把自行車擺放在有遮雨棚的校長專用停車位，仔細爲愛車披上防塵布。

此時，距離新生報到時間已經超過十七分鐘。

大部分師生都已進教室各就各位，吳以文還在外邊遊蕩。他突然被拍下肩頭，反射性扭住對方手臂。

「抱歉，嚇到你了嗎？」對方柔媚笑笑，是個二十來歲的青年，穿著不合身的寬大西裝，雙腿習慣性往內併攏，帶著一身不符性別的女氣。「小貓咪，你迷路了嗎？」

身分不明、語意不明、態度不明，吳以文忍不住警戒。

「哎喲，這又沒什麼，你看老師也迷路了呀！」青年說話總會尾音上揚，發現自己壞習慣又犯之後，不禁吐了吐嬌羞的舌頭。「小可愛，你是哪一班的學生？」

「十三。」吳同學依然惜字如金。

「那就是小今的班級了，人家……我也會指導到你們班喔！我是新任的國文教師，敝姓洛，洛子晏。」

吳以文收回手，人家小娘娘老師微笑等著他的回應，沒有一絲不耐。

「小害羞，可以告訴老師名字嗎？」青年一邊聊，一邊把吳同學領到一年級教室，可惜一路上小朋友的嘴仍然閉得死緊。

當洛子晏推開教室後門，講台上女教師的凌厲視線分秒不差掃向他帶來的小禮物。

「吳以文，開學第一天就遲到，你好大的膽子！」

開口吼人的是十三班級任導師，一名穿著時尚的年輕美人，朱紅色套裝適當展現姣好身形，長髮往後挽成單髻，一絡劉海垂至唇邊。十三班在座學生無不驚艷女子的丰姿，只是她柳眉緊蹙，看起來不是個可親的老師。

「小今，妳不要凶他啦，會嚇到小孩子的。」洛子晏一開口就吸引住大半學生注意，看他外表文文弱弱，講話卻比女人還嬌柔。

「都升高中了，哪那麼脆弱！」樓小今毫不客氣給同事一記白眼。「吳以文，你還發什麼呆？快回座位上去！就是中央排倒數第二個位子！」

吳以文眾目睽睽下移步到師長命令的崗位上，從頭到尾不發一語，一句道歉也沒有，把美女導師氣得半死。

首日就惹惱導師，明眼人都覺得這位同學前途堪憂。

「小今，不如先選幹部吧？」洛子晏有點擔心小貓咪，留在教室緩和氣氛。「有沒有小朋友自願當小班長？先聲明這是個責任重大的位子，需要滿滿的愛心喔！」

吳以文聽見後方桌椅碰撞的聲響，那個看他進教室後默默鬆口氣的眼鏡男孩站起身，聲音有點緊張，給人一種柔軟的印象。

「那麼，我再自我介紹一次。大家好，我是楊中和，請各位同學多多指教。」

十三班鼓掌通過，只有吳以文怔怔看著群體的動作，不明所以。

教師休息室，樓小今老師看隔壁桌的洛才子老師吃痛挽起衣袖，一雙濃妝媚眼瞪得老大。

「怎麼瘀青這麼嚴重？」

「被小貓扒了一爪子。」

「白痴哦你。」

樓小今拿出抽屜備用的跌打藥水倒在手上，用力壓揉那五指瘀青；洛子晏哎喲痛叫。

「小今，妳眞是個好女孩兒。」

「別笑得這麼噁心！」

還沒到放學時間，休息室的前輩們就開始收拾細軟回家，樓小今忍不住發出一聲「公立學校就是好打混」的嘆息。

此時，教英文的老前輩特別繞過來找他們談話，兩個新人老師立刻收起這團疑似打情罵俏的氛圍，正襟危坐聽訓。

「我告訴你們，要想在這邊待下去，記得別多管閒事。」

「啊啊？」才第一天上課，樓小今不明就裡。

「謝謝陳老師，我明白了。」洛子晏頷首受下。

「你們快回家吧，到別的地方約會去。」

「好的！」洛老師愉悅應下，被小今妹妹惡狠狠瞪著。

不過等辦公室老人走光，樓小今還在對學生名冊，打算把班上同學的第一印象仔細記在點名簿上。

「子晏，現在單親家庭還眞多。」

「嗯，現在孩子比較堅強。」

他們那個世代，同學父母離婚可說是晴天霹靂的大事，准許那名同學難過三個月。但今天十三班導師卻聽見學生笑嘻嘻說他們沒有老爸/老媽，呈現一種扭曲的早熟，眞想把他們拖去精神再教育。

不過吳同學登場之後，其他學生的問題就變得微不足道了。

「老實說，他讓我很不安。」樓小今照著學生資料撥打電話，接通後響起女聲，對方優雅的說話方式給人出身高貴的感覺。「您好，請問是吳太太嗎？」

「是的，妳好。」話筒傳來一陣巧笑，樓小今略略鬆口氣。

「我是令公子的導師，有些問題想請教您……」

「抱歉，我家沒有小孩。」

「什麼？妳兒子不是今天入學嗎？」樓小今口氣有些衝，被隔壁同事按下綳起的肩膀。

「我可以請孩子的父親聽電話嗎？」

「我家沒有小孩。」對方客氣地重複一遍，隨即掛斷電話。

「莫名其妙，有什麼家長就有什麼學生！」十三班導師用力摔下話筒。

放學後，有些新生還留在教室聊天，不單是閒聊八卦，也是認識新同學的好契機，十三班討論得正火熱。

「哇靠，眞的有『一等中特別安全守則』！」

「你是說剛才老師講兩遍那件事吧？」

「竟然禁止學生放學留校，六點後要完全淨空，連晚自習都不行。」

「好毛！」

「我聽說一等中排名輸給女中主要是因爲那個傳說，好像每年都有學生因爲壓力太大而自殺，知情的人不敢來唸這間學校。」

「這有什麼？不是每所學校都會來幾個？這裡本來就是升學至上的高中，沒有設立任何才藝班，沒有任何社團活動，唸書唸到瘋很正常啊！」

吳以文聽後方傳來翻閱紙本的沙沙清音，然後響起嚴肅的聲音。

「你們討論的方向錯了，不是自殺，正確來說，是每年都有學生下落不明，完全從世上消失。」

「哎喲，『班長』，不要那麼正經啦！」

楊中和自討沒趣，不再多說。他收拾完書包，起身上前，輕敲前面同學的桌面。

「吳以文，可以回家了。」

吳以文只是沉默看了他一眼，又低下頭來。

「你好像什麼也不懂，不懂沒關係，我就坐你後面，你都可以問我。」楊中和揚起友善的微笑，跟他說了再見。

直到教室走得人都不剩，吳以文才獨自走向已然空蕩的車棚，卻遍尋不著自行車蹤影。

「就是你霸佔車位？」說話者是一名身穿亞麻色高級西服的中年男人，散發著教職者的菁英氣息。「你這樣目無尊長，我恐怕得記你過。」

男人說得遺憾，可惜吳以文無動於衷。

「車在哪裡？」吳以文抬起臉，原本高高在上的男人突然亮起眼色。真是塊璞玉。

「同學，不可以再犯。」男人態度突然溫和起來，打開轎車後車箱，裡頭空間比外觀看起來還要大上許多，容得下一個少年或銀色自行車。

吳以文直接上前把愛車半抱出來，發現後車輪被上了鎖。男人好意遞上鑰匙，狀似不經意摸了摸他手背。

「同學，我是這所學校的校長，你有什麼問題都可以來找我。」

吳以文轉身就走，對今日在新環境接收到的種種善意感到困惑，也不知道該做何回應。

他牽著車經過家長接送區時，忍不住停下腳步，望著同樣穿著制服的同學奔向父母，幼稚地打鬧起來。

那是他一輩子可望不可及的東西。

吳以文聽見一聲熟悉的「喵」，意外瞥見街角那團毛球，怔了一會兒，帶車快步奔向圓滾滾的虎斑貓店寵。

「胖貓，怎麼來了？」

虎斑貓兀自舔著兩隻前爪，一雙綠眼珠漫不經心看著他，又昂首望向天際。吳以文低身把牠抱進懷裡，一起往古董店前進，腦中那些不屬於自己的畫面也慢慢淡下色彩。

「文文，喜歡你。」店員小小聲告白。

貓咪趾高氣揚接受下來。

二、叢林法則

吳以文輕快騎著自行車歸來，從車籃撈出貓咪，迫不及待打開閉鎖的店門，可惜店長不在。

店員抱著貓，蹲在黑漆漆的角落沮喪了好一會兒。

「文文，老闆什麼時候會回來？」

虎斑貓被養在這裡也有一段時間，瞎了都看得出店員很依賴他的雇主，才分離半天就好想念的樣子，喵喵不休，但在店長面前卻相當安靜。

店員以爲不說話才是對的，還會對貓諄諄教誨——大人不喜歡吵鬧，要乖一點。

吳以文繼續整理連海聲的收藏，這些寶物好像是店長故意侵佔某個死去大人物被查封的遺產，打了幾年官司終於無恥贏了。從店長使過的手段有多卑鄙下流，便可知他有多喜歡這批古文物。

因爲是店長的寶貝，店員小心翼翼保養這些塵封五年的古玩。

昨天連海聲稍微指導過吳以文做生意的技巧，當他掛上營業中的牌子，有客人上門，等他開口詢問某樣東西，再告訴對方「不賣」。

如果被質問開店是爲了什麼，則是回答：「唉，就是這樣才不想做窮人生意。」

要是被如此羞辱還不死心，仍想在店中消費，店長壞心交代，就賣掉店員好了。

沒多久，那些聽聞消息、想討好連律師而上門造訪的客戶，沒見到店長，倒是與店員展開史上最艱辛的對話，最後都是鎩羽而歸。

有人雖然碰了一鼻子灰，離開時卻還是向吳以文微笑告別；有人整個抓狂，被店員清理出去。來者不論有無風度，店員都一一記下，之後要回報店長。

臨近晚餐時間，店員的撲克臉才有點變化，頻頻看向牆邊的咕咕鐘。

虎斑貓按住吳以文格子褲角，叫奴僕快去煮飯。

「胖貓，老闆回來要打暗號。」店員慎重交代，店寵不屑。反正只要連海聲出現在門口，不用開口出聲，吳以文就像嗅到骨頭的犬類，第一時間奔來歡迎店長。

銅鈴清響，童明夜殺氣騰騰來訪。

吳以文端著盤子出來，發現對方是昨天來叫囂的野貓，但他已養了一隻大胖貓了。

「你！」

店員先把盤子放到店寵腳邊，看牠挑剔地嚐味道，摸摸牠一雙柔軟貓耳。

吳以文再起身時，氣勢截然不同，他一把脫去圍裙，露出當了整天工作服的一等中制服——黑邊白襯衫、黑細領帶、墨綠格子褲，「一中」的字樣清楚標記在左胸口袋，逼得童明夜煞氣更甚。

「一等中了不起嗎？」

童明夜伸手想揪住吳以文襟口，卻被反手壓制在身下。吳以文把童明夜右手按到背後，單手提著他黑夾克的帽套，就像魚市販子拖曳凍實的大魚，任童明夜怎麼掙扎都沒用，一路向外。

外面把風的兩個手下就看著他們夜老大第二次被扔飛到大街上，童明夜痛得破口大罵，沒想到一開口就掉了兩顆白牙。

童明夜含著滿口血水重新衝上去，隨行同伙總覺得今天夜老大火藥味特別重。

「你瞧不起我是不是！」

吳以文一邊用力賞他拐子，一邊搖頭。

「你們這些好人家的孩子，我看了就是不爽！」

童明夜橫腿往他頭上掃去，沒料到吳以文會突然停下動作，成功把人撂在地上，店員嶄新的制服沾滿灰土。

吳以文左臉浮現出瘀痕，右臉都是和柏油地面磨出的擦傷，看起來相當悽慘，童明夜把嘴邊冒出頭的「對不起」硬生生吞回去。

吳以文從地上俐落翻起身，受傷前受傷後，表情依舊沒有任何變化。

兩人之間猛然竄出一隻虎斑大貓，憤怒對童明夜咆哮，又轉身吼著吳以文。

「喵喵喵！」店寵文文前爪不時刨打店員小腿。

「喵喵。」吳以文知錯地回應。

童明夜和他的手下們短暫無語一陣。

「夜老大，他好像是隻傻貓，我們這算不算欺負弱小？」

「閉嘴。」

等大貓長輩教訓完，店員低頭跟著貓走回店內，身影消失一會兒，又穿上圍裙，捧著三只透明飯盒出來。

「這什麼？」童明夜捂著吃痛的唇角，滿臉是傷的對方看來也很痛。

「魚肉拌飯。」

「什麼！」這句就不是疑問，純粹是驚歎句。

「魚——肉——拌——飯——」吳以文重申後，把食物一口氣塞給野貓老大，隨即返身回到店內。

童明夜怔怔地接過熱呼呼的飯盒，他故意給人無可救藥的壞胚子印象，被討厭了再使壞就沒有什麼心理障礙，偏偏對方一臉不跟他計較。

綽號「瘦猴」的手下忍不住對童明夜耳語：「老大，就說他腦子壞了。」

另一個「忠仔」則是試毒一口：「老大，這貓食不錯吃欸。」

「他都唸一等中了，怎麼可能是智障？」童明夜自從加入黑社會以來，從未踢過這麼一大塊鐵板。

「可能是關說進去的吧？」

「老大，這個眞的很好吃欸！」

手機響起，來電者爲慶中幫主，兩名隨行手下立刻閉緊嘴，看童明夜漫不經心地跟黑道大老應話。

「是、是，馬上趕過去。」童明夜深吸口氣，對兩個跟班揮揮手。「今天尋仇就到這裡，我去給幫主擋子彈了。」

「夜，你小心點。」

「演什麼愛情劇？」童明夜擦掉唇角血漬，看手下們依然憂慮，不懂他偶發的浪漫情懷，又輕笑道：「等著吧，我拿到津貼就請吃飯。」

童明夜的夜班兼職就是當幫主的近衛，配有手槍一把，子彈四顆。

慶中幾名大人物齊聚在密閉和室內，長桌擺滿各色魚蟹，艷紅的蟹螯足足有小孩手腕粗，可惜童明夜剛被打掉兩顆牙。

慶中幫主今天要審旗下一名堂主，懷疑部下將幫中祕密洩露給外人。可憐的堂主於是連頭帶人被押在呈菊花形狀排列的生魚片拼盤上，嘴巴一直說沒有，幫主卻把證據一件件亮出來。那名堂主不知自己已被新娶的漂亮老婆出賣了。

接下來是一連串刑求，可憐的堂主叫得像鬼一樣，這就是童明夜餓著肚子上工的原因。

在堂主要供出幕後主使時，童明夜瞥見外邊黑影閃動，立馬抽槍定位，左右拉門加上正前方，三槍皆無虛發。出手後，其他人才驚覺遇襲的事，搶著收拾善後。

可憐的堂主忍了這麼久，終於等到眾人注意不在自己身上的時機，拿槍對上慶中幫主，但童明夜早一步射穿他執槍的手。

失去機會，可憐的堂主被三、四個男人壓制在身下。慶中幫主拿起桌上用來磨芝麻的石缽，掂了掂手感，覺得很合適。

可憐的堂主就被石缽砸爛頭，死前說出一個名字。

慶中聯合外人殺掉的傢伙叫「延世相」，如今與各幫周旋，要拔掉慶中根基的主謀也叫「延世相」。

慶中幫主氣得臉色發紅，無論眞實與否，他都會再殺那人一次。

「夜，你認爲呢？」

通常這時就該主動請願爲幫主排難解憂，但童明夜只是凝視地板那塊血跡，指尖發顫不已。

慶中幫主很失望，雖然有那身傳自父親的槍法，卻還是個小孩子。不夠狠心的人，充其量只能當狗。

堂主的事彷彿只是個小插曲，慶中幫主接續討論幫中事務。雖然殺了叛徒稍微解氣，但事業點被拔使得財源短收，因而惡性循環。失去據點已是事實，必須想出對策。

「我們不能坐以待斃，須要籌措資金來反擊……」

等童明夜脫身回去洗清一身血味，月亮也快下班了。他打開老舊的小公寓，驚見一抹人影，雙雙拔槍相對。

「夜？」

「呼，是夏節哥。」因爲是喜歡的大哥哥，童明夜打出燦爛的招呼。

夏節是慶中少幫主，被派去某個大人物家裡臥底，到現在童明夜還是不清楚誰是夏節的假主子。夏節哥哥爲了保護他，什麼都不想讓他知道，但接替幫主身邊防彈位子的他早就深陷泥沼。

「我來把寄放的東西帶走，抱歉，嚇到你了。」夏節溫聲道歉。

「哦，你那些少女漫畫我全看完了。」童明夜無力地揮揮手，幫忙把黑社會少主的粉紅寶物從床底搬出來。

話說堂堂慶中少主爲什麼熱愛少女漫畫？據本人稱年幼曾經看過一本關於女主角早年喪父喪母的漫畫，後來大家都願意可憐她，順利得到情人、孩子和榮華富貴，讓夏節非常感動。

孤雛沒有被踐踏而死，這故事眞是太美好不過。

「那麼多本，啊你那邊有地方放嗎？」

「先生訂了兩個防塵大書櫃給我。」夏節誇起大人物的種種優點，聽起來是個德高望重的老紳士。「先生對我很好。」

「眞好，找到長腿叔叔了。」童明夜也好想被人包養。

「夜，看看這些年來你變成什麼樣子？快走吧！」夏節語重心長勸道。

「走去哪裡？」童明夜反問，幾乎要撐不住笑容。

夏節哀傷撫摸童明夜俊朗的側臉，童明夜定定站在原地。難怪幫主說他的義子殺人如麻、潛力無窮，但就是感情用事，連一個沒救了的小混混也由衷憐惜。

夏節走後，童明夜躺在沒有床墊的木板床上發怔，只要想到屈辱的兩顆牙齒和古董店店員那身制服就心情不好。

想當初他國中也是亂帥一把、市內排名數一數二的美少年，雖然常被誤以爲是高中生。現在的校園偶像哪有他帥？要是他還是學生……

他也好想上學，爲什麼別人家的小孩都可以上學？

對了，因爲母親死了，他沒有家了。

那他爲什麼還活在世上？

他剛摸上床頭的槍，肚子就咕嚕叫著。他實在餓得受不了，要死也不要餓著去死，只得爬下床，打開傍晚店員給的飯盒。飯都冷了，上頭結了一層薄油。

童明夜挖起一匙，嚼了嚼，然後埋頭大吃起來。

「還眞好吃。」

連海聲夜半歸來，古董店爲他留一盞等門小燈，點點亮光經水晶櫃相互輝映，綿延成一室明晃。

過去那孩子習慣守夜，到他回來才肯回房，怎麼罵也不聽。直到養了貓，那隻貓喵個兩聲，睏倦的小朋友就跟著牠上床，身為人卻很聽貓話。

店長看到櫃台放了宵夜，不理；走進室內客廳，茶几上也有一份，不理；他再走到廊底，打開店員的房間。房間不足三坪大，僅有一張書桌和上下鋪的床，上鋪堆滿奇形怪狀的布偶，下鋪睡著店員的腦袋瓜。

連海聲過去，發現貓也睡在裡面，店員和店寵緊緊偎在一塊。

他拍拍店員的頭，吳以文在睡夢中應了一聲「老闆」，倒是虎斑貓睜開碧色的眼，看店長百般無聊蹲在床頭戳店員臉頰取樂。

「小孩子。」連海聲對熟睡的店員喃喃一句。

連海聲回到大臥室，最後一份宵夜整齊擺放在床邊，還有處方藥劑。他勉強吃了一點，和水吞了藥。入睡前忍不住想這樣也不錯，他又不是養不起，但閉上眼又覺得這念頭眞是可笑至極。

林律人提著心愛的琴盒上車，老管家看了，似乎不太同意開學第二天就帶私人樂器到學校消磨時間。

他昨天把課本翻過一遍，沒有什麼難處，如果學校就是學習知識的地方，那對他來說，上學根本毫無意義。

教室令他氣悶，同學打量的目光讓他莫名不舒服。他不喜歡自我介紹，討厭和認定的外人說話，就像隱私被強迫侵犯。

在學校就想回家，回到林家宅邸又恨不得離開，林律人覺得好痛苦。

不過他注意到課表只有幾節裝飾用的體育課，沒有藝能課程，但一等中裡側的舊校舍空著許多術科教室，這點可以利用。

他午休獨自走到半荒廢的校舍，心裡不免忐忑，而且他有潔癖，每道門的門把看起來都好髒，只有家政教室感覺有人打掃過，可是他不想在一堆鍋碗瓢盆中演奏。他只得去掃除間找來水桶抹布，爲今後的小音樂廳努力著。

林律人皺眉擦拭堆放在角落的風琴，期間不時打噴嚏，眞希望有童話故事中的掃除小精靈幫忙，他願意支付清潔費。

擦完風琴，掃好地，他也快哭出來了。

林律人環視還是很髒的音樂教室，認爲自己眞是全天下最可憐的人，灰姑娘是因爲老爸娶後母，而他明明是個大少爺，就不信林家其他哥哥拿過掃把。

他用洗手台上的廉價香皀洗了三次手，才回來打開琴盒，拿出用以排遣寂寞的小提琴。

大伯父喜歡弦樂器，本身會一點小曲，偶然在一次演奏會中對樂團首席一見鍾情，娶了無名的小提琴家爲妻。林家人看似正經，但骨子裡詛咒似地對感情相當執著。人家都說那女子幸運，在音樂生涯結束前就嫁進豪門。孤僻的大伯母卻承受不了世家繁重的交際，受不了被區分爲卑賤那方的委屈，在林家樓頂一躍而下，留下稚齡的幼子。

老管家說起這件事總是非常傷心，他心愛的大少爺自小就失去母親。

他眞正的大哥不是林律品，而是最有資格繼承家主位子的大伯父獨生子，也是林家待他最溫柔的兄長。但那麼好、那麼優秀有什麼用？最後還不是步上和他母親同樣的路，年紀輕輕就自我了結生命。

林律品總愛嘲諷他撿到便宜，不然哪輪得到外家的他坐上大房繼承人的位子？可林律品那種眼中只有功利的傢伙不明白，他寧願律因大哥一直好好的，也不要榮華富貴。

他渴望的是，一個安身立命的所在。

林律人拉起弓弦，琴音迴盪在斗室中，代替他緊閉的口，傾訴他的哀悽。

後門被打開來，林律人呼吸一滯，怎麼會有人過來？

對方就呆站在門口，也不說聲抱歉。

林律人繼續拉著琴，心底非常緊張。快走！還不快滾出去！沒看到本少爺在忙嗎！

一曲終了，林律人才歇口氣，手執琴弓指向那人鼻子。

「你有什麼事？」

吳以文搖頭。

「這裡，是我掃乾淨的，從今天開始，是我的地盤！」林律人講著像是小混混的粗魯話，試圖把閒人嚇跑。

吳以文掏著口袋，他記得以前被師父抱去逛夜市，拉胡琴的老爺爺需要什麼。

「匡啷」，一枚十元硬幣滾到林律人腳邊，林大少爺氣得直發抖。

上課鐘響，林律人再看去，對方已跑得不見蹤影。

「怪人。」他咕噥了聲，低身撿起讚美他琴音的獎勵。

十三班謠傳無人的音樂教室出現鋼琴聲。

吳以文默默在座位上聽同學們說得繪聲繪影，好像大家中午都像他一樣靠在音樂教室窗邊，為幽靈演奏捧場。

身後的十三班班長卻駁斥謠言，說音樂教室沒有鋼琴只有風琴，他鄰居是前四屆的學長，曾抱怨學校沒有公用樂器，他記得很清楚。那時也沒有相關的幽靈傳說，過幾年突然增生出來的故事也只會是旁附的謠傳。

「鋼琴和風琴有差嗎？」

「不過是鬼故事，那麼認眞幹嘛？」

「班長，你很無趣欸！」

身後人沮喪嘆口氣，吳以文卻認爲班長眞是聰明的人類，回去要跟貓咪講。

「吳以文。」

吳以文不由得回頭，才想著就被叫住，怔怔對上頂著眼鏡的楊中和。

「學校中午沒有供餐，要去合作社或是自己帶便當，知道嗎？」

他沒有應聲就轉回身子，對方也沒多說什麼。

吳以文微瞇起眼，還是不要跟貓說好了。

十三班還沒從音樂教室幽靈的八卦退燒，又有新的話題。校長好像挺喜歡他們這屆一年級，決定重執教鞭，教導他們和十二班的歷史課。校長上課言談風趣，很受學生喜愛。

校長經過吳以文身邊，順口提了句：「今天沒有騎腳踏車嗎？」

吳以文盯著空蕩的桌面，緊閉雙脣，校長只是笑了笑，摸摸他的頭。

上完整天課，一放學，吳以文跑得比誰都快，看到迎面而來的級任導師也沒說再見，直奔回古董店看店長。

「喵。」眞不巧，今天依然只有顧店的胖貓。

吳以文挫敗地蹲在店門口，故意不理會店寵，讓牠餓肚子。

傍晚時分，沒有顧客上門，也可能昨天的服務態度已傳出惡劣風評，店員專心灑掃環境，貓在櫃台邊小憩。

等每個水晶小櫃都被他擦得透亮，吳以文走到虎斑貓身邊，抱膝蹲下來。

「文文和小文。」

貓實在不想理這笨蛋，聽男孩輕喃沒人聽得懂的話語。他在寵物貓身上找到自己的定位，覺得很安心。

「我會打掃煮飯，比狗狗還有用。」吳以文喃喃說道。

那就快去煮，少廢話。

「文文，老闆呢？」

貓掌比向櫃台的萬年字條。店長出門就把便條壓在桌上，回來再把便條扔到抽屜，等下次再拿出來，反覆使用。

吳以文起身，邁步走到店後，打開店長的臥房，床是空的。他徒然睜著眼，好像看著房間卻又沒有對焦。

貓叫著，店員轉過頭，很困惑又不知所措。

吳以文走到客廳，盯著牆面自動更新的電子日曆，努力想排序好腦中混亂的日期。前天有看到老闆，昨天沒有，今天還沒有，老闆一早就出門了……

銅鈴清響，然後響起少年的聲音：「喂，有人在嗎？」

吳以文應聲回到櫃台，面無表情地看著童明夜拿著洗好的空餐盒，一把遞到他面前。是昨天的野貓老大。店員大腦的資料整理總算告一段落。

吳以文接過保鮮盒，什麼也沒說，穿過簾子走到店後，留下不明所以的童明夜獨自站在店內。

童明夜環視一室精品，受不了地抱怨：「不怕被我搶了嗎？」

他拉拉黑T恤領口，只想待著吹兩下冷氣，沒料到敏銳的耳朵卻聽見後頭響起碗盤碰撞聲，抽油煙機運轉起來。

童明夜看著貓乾笑：「他該不會以為我是來蹭飯的吧？」

他本想逗逗大貓，才伸手，貓咪就張開血盆大口喝退他。這家店的服務生和小寵物眞是不可愛。

不一會兒，吳以文果眞捧著貓食盆和便當盒過來，童明夜下意識掏掏口袋，只有兩、三個銅板。算了，就當是霸王餐。

店員把飯盒遞給小混混後，便專心蹲下來看貓吃飯，不時撫摸貓耳朵和毛茸茸的身軀。

「我今天休息，時間多得很。」童明夜清清喉嚨，奈何一人一貓都不理他。「那個，我想在這裡吃，你有餐具嗎？」

吳以文從腰後抽出試菜用的銀匙，童明夜忍不住打量這根閃亮亮的飯匙值多少錢。

童明夜覺得地板很乾淨，直接一屁股坐下來，開心享用熱騰騰的便當。吃到一半，腦袋被輕拍幾下，吳以文抬起手，像摸那隻貓般地摸他的頭，童明夜有些惱怒又有些害羞。不知道有多少人在他開口前就把他貼上「害蟲」的標籤，許久沒有過平等的對待，讓童明夜有些不好意思。

「你人還不錯，以後有誰欺負你就報上我的大名。」童明夜別過臉說道。

「明夜？」

聽吳以文自然而然叫著，童明夜感到背脊竄上一股莫名電流。

「你要叫『夜』或是『夜老大』，他們才知道你在說慶中的大尾流氓。」

「明夜。」吳以文拍案抵定。

童明夜繼續埋頭苦吃，當初他媽媽取名，就是要兩個字一起叫才合她的心意，相信他的存在會給那個人帶來光明。如果母親地下有知他加入幫派，一定無法瞑目。

「你唸一等中？我媽以前也是一中的老師。眞可惜，學生和老師們都好喜歡她，你沒讓她教到算你沒福氣。」童明夜回憶過往，他不喜歡枯坐在課堂學習，國中時卻拚老命唷書，就是爲了考上母親任教的高中。

「你有媽媽？」

這個問句很奇怪，童明夜皺了下眉，誰沒有母親？

「去年車禍過世，她死前一直在找失蹤的學生。她就是這樣，就算不是她班上的孩子，也無法坐視不管。」

童明夜永遠記得那天，打開家門卻黑漆一片，電話響起，接起來是母親永別的消息。

「我媽媽獨自把我帶大，她是個好母親，她很愛我……」

不該提起這個話題，想到亡母，童明夜無法不傷心落淚。

「爸爸？」

童明夜用手胡亂擤了鼻涕，不知道自己幹嘛那麼聽話，有問必答。

「那男人下落不明，以前生活的公寓我不敢賣掉，我怕他回來找不到我。」甚至他加入黑社會部分原因也是爲了方便打探父親的消息。

吳以文從後腰抽出面紙遞過去，童明夜一邊擦淚一邊埋怨他爲什麼不早點拿出來。

「爺爺奶奶？」

「我沒有祖父母，外公外婆不認我這個私生子。」

「兄弟姊妹？」

「你是機器人嗎？幹嘛一直問？」

「練習交際。」吳以文認眞睜大眼。

「你不是在關心我嗎？嗚嗚嗚！」童明夜覺得被欺騙了感情，「我還有一個同父異母的哥哥，只比我大幾個月，本來應該是天海幫聯的繼承人，卻從小下落不明。他們說那孩子被我爸爸帶去處決，我得賠償失去他的損失，被我媽堅決攔著。我家庭背景很複雜吧？」

吳以文搖搖頭，童明夜喂了聲，說他很敷衍。

「這是文文，老闆點頭養的貓，胖貓。」禮尚往來，吳以文也介紹古董店成員。「老闆是店的主人，我是店員。」

「原來你是工讀生啊，你爸媽咧？」

吳以文搖搖頭，童明夜怔了下，才意會他的意思。

「我眞是個欺負弱小的垃圾。」童明夜臉都埋在膝上，「我不是故意遷怒到你身上，對不起吼。」

「沒關係，我有打回去。」

說的也是，童明夜到現在腹腔還隱隱作痛。

「我問你，高中好玩嗎？」

吳以文又搖搖頭：「人很多、太近，一直坐著，不習慣。」

「我教你，你上課就盯著黑板，老師會以爲你很認眞。下課就拿本書放在桌上，假裝你在充實自我，以上是學生的基本表面工夫。」童明夜往吳以文呆滯的雙眼打響指，吳以文對他眨兩下眼。「我媽帶過無數學生，有人外向有人內向，不用勉強自己跟別人一樣。」

「謝謝你，明夜老師。」

「不用客氣。」童明夜燦然一笑，比陰狠的笑容還適合他。他不時拉扯吳以文身上的制服，看得他更想去上學了。

兩個小孩子。貓在一旁打了呵欠。

小店員從小混混身上習得上學的技巧，只是計畫總趕不上變化。

「哪個自願上來解這一題？」樓小今往台下看去，十三班同學紛紛低下頭，只有吳以文對上她的眼。「十九號，你上來。」

吳以文原地不動，樓小今只好頂著青筋，一個口令一個動作。

「你站起來，走到講台，拿起粉筆，給我解題！」

設a、b爲正整數，a以7除之餘3，b以7除之餘5，ab以7除之餘數多少？

吳以文拿著粉筆，在黑板前站到下課，不會就是不會。

樓小今等火氣略略緩下，手指朝吳同學一勾：「吳以文，你跟我過來。」

她沒帶學生到教師辦公室，而是找了一處僻靜的樓梯口，從昨天放學沒有跟老師說再見一事開始罵起。吳以文自始至終都是那張撲克臉，沒有反省的意思，把樓小今氣得夠嗆。

「有問題就要開口說！不然你以後出了什麼事，我怎麼會知道？」

下堂國文課，正巧洛子晏抱著厚重的國學經典走來，手一勾就把吳同學從炮口下帶走。吳同學貓似的雙眼難得正視他，洛大才子溫柔一笑。

樓小今跺了兩下高跟鞋：「你再寵他啊，最好讓他當一輩子啞巴！」

「哎呀，小今今，這孩子畢竟是我第一個學生。」洛子晏拋了記媚眼回應。

然而，吳同學切身體認到，溫柔和嚴苛可以齊頭並進。

「以文，幫老師唸這段課文好不好呢？」洛子晏在講台微笑道，幾乎成了每節國文課的開場白。「不用緊張啦，老師陪你唸。」

吳以文鼓起勇氣，當眾搖了兩下頭。國文老師微笑以對，他不出聲就不罷休。

最後吳同學被逼得用小貓嗚嗚的音量，眾目睽睽朗誦出聲，幾乎要克制不住逃回古董店的衝動。

十三班有目共睹，吳以文成爲師長重點關心的對象。

中午時分，林律人提著琴盒來到音樂教室外，不禁訝異窗明几淨的新環境。

家事小精靈來過了？打開門，他看到昨天那個怪胎正垂頭喪氣吃便當，心頭著實一堵。

「你別打擾我！」林律人決定用不友善的態度趕走閒雜人等，但這比起昨天童明夜幹聲連連的程度根本稱不上耍狠。

吳以文一邊安靜吃食店長宵夜的剩菜冷飯，一邊陷在國文課當眾唸課文的陰影裡，沒在聽林律人講話。

林律人替小提琴上好松香，又瞪去自認爲很有殺傷力的一眼，才開始演奏。

吳以文放下筷子，坐正身子。林律人心想這還差不多，本大師的表演可是名動公卿，撲克臉小子，好好用心來聆聽吧！

林律人一收弓，吳以文繼續提筷吃飯。經過音樂洗禮，他有掙脫陰影一些。

「你知道我在拉哪首曲子嗎？」

「Mozart小夜曲K525第四樂章。」

林律人對怪胎有一絲絲改觀，清兩下喉嚨，詢問掃除一事。

吳以文點點頭，家事小精靈就是他。林律人不經意望向他長滿粗繭的十指，不由得生起富家公子與小婢女的感慨。

可小婢女同學吃飽後，再次把十元硬幣扔到林律人腳下，於是堂堂林家三少爺逆轉成被施捨的那方。

林律人正要發火，吳以文就拍起手來，足足拍了一分半鐘才停。

林律人蹙著眉頭，看吳以文笨拙地給予讚美，顯然他們彼此都不知道該怎麼融入群體，總是和旁人格格不入。

「你……」

鐘聲一響，吳以文拔腿就跑，一眨眼不見人影，林律人氣得咆哮出聲。

「你到底叫什麼名字啦！」

三、迫在眉睫

星期六早晨，連海聲八晚九晚才從床上起來，散著柔美的長髮赤腳走向客廳，客廳茶几早預備好早餐，香草茶還冒著熱氣，他就大發慈悲用點飯。

他從客廳落地窗望去，吳以文在後院晾衣服，日光隔著衣物滲在男孩清秀的五官上，形成一層柔和的金黃。

連海聲閱人無數，有感人與人交際的虛僞浮誇，自處才能體現眞正的性子，像他無時無刻都有股暴躁想宣洩出來；而那孩子總是寧靜安謐，跟那個女人一個樣。

「喵喵。」虎斑貓在曬衣籃裡叫喚。

「喵喵喵。」小店員理直氣壯回應。

「喵喵喵喵！」貓生氣了，臭小子竟然敢給他擺架子。

「喵喵喵喵喵！」吳以文挺起胸膛，仗著身長不理會貓的抗議。

然後連海聲就聽到一連串人貓夾雜的喵喵叫聲，用力叩下茶杯。

「夠了，給我說人話！」

「老闆早安！」店員提著有貓的籃子走進室內，那張死人臉隱隱散發愉悅的氣息，似乎因爲不用上學而開心著。

連海聲看著勤奮打理家務的店員，以往的封閉感少了許多，沒想到去學校一個禮拜就有顯著轉變。

華杏林那個庸醫說，要是男孩真的無法適應團體生活，就把他送回醫院，反正連大美人每次都鄭重聲明沒有餘力照養他。

店長當耳邊風聽過，在他眼裡，店員和其他十五歲少年沒什麼不同。

銅鈴清響，今天約好的客人來了。連海聲抓了下屁股，一臉不耐回臥房換衣服。半個小時後，訪客才見到穿著立領襯衫、長髮緊束在頸後的店長大人。

客人是名五十來歲的中年男子，看起來沒有特別出眾的地方，除了頭上那頂蝴蝶結大禮帽。

「連先生，你看，是小貓咪。」客人從帽子裡捉出毛茸茸的布偶。

要是平常，連海聲早叫店員把人拖出去宰了，卻容忍客人神經病的舉動，還冷冷搭了一句話：「怎麼不變白鴿和小兔子？」

高禮帽客人朗聲大笑：「聽說您養了兩隻小貓，送您作開店禮。」

「這種地攤貨也敢拿出來丟人現眼？」連海聲叫來服務生倒茶，順帶把貓咪布偶扔給店員。「你們到底是怎麼傳的？看清楚，這隻是人。」

客人聞言，真的認真打量起吳以文，直誇少年真是清秀佳人。

一會兒，吳以文端來茶具。訪客早耳聞連海聲的喜好，但親眼見到店員斟茶提著的青花釉裡紅茶壺，還有送到他面前的哥窯八方小杯，仍不免對著清香茶水倒抽口氣。

「連先生和世相先生很像，都很捨得使用珍品。」

「沒什麼像不像的，在那個地方生活就是這樣。」連海聲挽起瓷杯，像是品茗又像吻著杯口，在旁人眼中就是幅會動的美人畫。

「您是說平陵延郡？」

在西方世界展開大航海時代前，東方就有過海上長征的記錄，傳說之一，那些華美的大船揚帆前往南洋，是當時的天朝爲了供奉王朝另一個皇帝的壯舉。「延」取自炎黃子孫的「炎」，帶著正統卻政爭失利的意味。

數百年後，原本的王朝衰敗滅亡，南洋的土皇帝卻挾著東方社會大半的經濟資本，成爲各國政要口中的神祕帝國。

「世相先生很想念他的家鄉。」

「拜託，那種噁心發臭的破地方。」連海聲不予苟同。

「小雯說，他們是被關在堆放寶物的庫房長大，房子堆滿精巧的小古玩會讓世相先生感到安心，因爲有家的感覺。」高禮帽男人說完，環顧一室珍藏，寶物的原所有者就是他話中的人物。

連海聲沒好氣地回：「她連這個都跟你講？」

「她把我當作她和世相先生的長輩。」高禮帽男人溫柔又哀傷地笑著。

吳以文出來斟第二回茶，高禮帽男人望著店員安靜退下的背影。

「剛才忘了問，這孩子是？」

「員工。非常笨，和聰明伶俐沾不上邊。」

「可是連先生相當信任他吧？才會把家裡交給他打理。」兩人間的談話已屬私密，店長卻沒有要店員避開的意思。

連海聲撇了下嘴，從小看到大的笨蛋有什麼好懷疑的？

「您和世相先生都是沒耐心的人，看您身邊有小孩子讓我嚇了一跳呢！」男人說完，又歉然笑道：「眞不好意思，每次見到您就讓我想到亡故的學生，教到像他這樣的天才，身爲老師眞的會手足無措。」

高禮帽男人原本是一等中教師，剛接級任就教到大名鼎鼎的延世相和林家少家主，還有那名總是爲他們闖出來的渾事擦屁股的恬靜女孩子。

說實在話，延世相絕不是合群的學生，但剛好他也不是正常的老師，非常中意那個眼睛長在頭頂的天才少年。

他常說人生的志願就是成爲師長，全心全意奉獻給學校和可愛的孩子們，被學生嗤之以鼻。

幾年後，已經在社會舞台大放異采的學生，回來探望以前的導師。見他熱情不如往昔，坐在教師室最偏僻的位子，桌上還有待寫的反省報告，至今孤身一人而往日理想被人當笑話看待，忍不住對他嗤笑兩聲。

那個長大成人的俊美孩子，彎著一藍一黑的眼眸，突然向他提議道——你不是說要拯救世界？我給你一個機會。

他一個徒有抱負、平凡無奇的高中教師，就這麼踏上政壇，回想起來總像一場夢。

「他讓我到各種部門服務，卻不讓我插手教育，要我冷卻所有熱血再回頭省視自己有多天真，無知只會壞事。說來他教會我的，比我教給他的東西還要多上許多。」

男子一臉懷念旁人口中死有餘辜的奸險之徒，連海聲看得好痛苦，想叫他閉上嘴的時候，男人卻哭了出來。

「他最後卻是那般下場，都怪我這個老師教導無方……」

「關你屁事！」

高禮帽男人抹了抹眼淚，從懷裡掏出一只牛皮紙袋，這是他離開政界前，搜羅到有關殺害延世相共犯的資料。

「申家牽扯很深，白領可能也有一點，但看在白院長阻止林家拆除世相先生的故居，我可以不去恨他。」

連海聲接過黑名單，這一丁點眞相是男子葬送所有前程換來的，眞虧他捨得。

「你不當官，接下來想幹嘛？」

「世相先生不在了，我想把心力投注回教育上。」高禮帽男人這麼說的時候，眼中亮起光采。

連海聲眞不明白當老師有什麼好？成天面對一群小屁孩，他光一個就受夠了。

「這裡的中等教育已經超乎水準，各所高中職都有自己的專門，一職美術、家商設計、聖修外語學院、海中機電、附中音樂班，還有標榜全能全才的市立女中。少子化浪潮之下，沒有特色的學校遲早會被淘汰，我非常憂慮曾作爲全市標竿的一等中的存續。每個縣市都有像一等中的明星學校，國家不缺乏會考試的書生，而我要打造代表一等中的招牌出來。」

連海聲只是托頰聽著，不做評論。男人覺得這點也與世相先生很相似。

「這是一等中的校區地圖，你看，有太多場地沒有善加利用，我已經籌措到建宿舍的土地資金，接下來要大肆招募。年齡線放寬，以市區內的孩子優先入學。」高禮帽男人講得起興，突然想到什麼，神情又黯淡下來。「我請人查過，我們這裡國中以上無業無學的青少年竟是全國之冠。不能放著不管，需要有人帶著他們才行。」

「你這些想法，不是一個老師說得算。」

「啊，我沒有要當老師，如果只是一個教職，憑我在官場餘下的關係還弄得到。」

「你想我幫你什麼?」

「我覺得以連先生的能力，一定能拔掉那個尸居其位的壞東西。」高禮帽男人笑得皺紋盡現。「時間緊迫，請任命我作一等中校長。」

星期六下午，店員穿著工作服到佔地五十公頃的市立公園遛貓，雖然看起來比較像貓大搖大擺走在他前頭，男孩只是貓的小跟班。

假日有許多年輕男女來公園踏青，有運動的老人家，還有閒來無事的小混混們。

「媽的，這可是咱們的地盤，放假就那麼多人，要死囉!」瘦猴惡狠狠瞪著胡亂打量他們的路人。天氣熱，老子不爽。

「我們以前能待的場子都被那個瘋子警察砸了，聽說那個姓吳的條子看到十五、六歲的少年就抓狂，好像看到仇人一樣，下手狠毒，我們這團危險了。」忠仔非常擔心自身保有十五年的貞操。

「夜老大，你說該怎麼辦……夜、夜!」

「別搖我，我在聽。」童明夜把左右狗頭軍師的兩隻手打下，又是一聲嘆息。

「你談戀愛啦？」

「跟鬼啊？」童明夜沒好氣地回。

童明夜蹺腳坐在造型山石上頭，近來沒錢去染，僅剩髮尾留著幾抹布丁色，黑劉海斜垂在眼前，看起來有些憂鬱。這也是爲什麼有小女生不停結伴往他們這邊繞的原因，冒著生命危險也要一睹美色。

他們夜老大雖然表面看起來像是沒節操的小混混，但骨子裡卻是家教很好的小帥哥，從沒見他對女孩子出手過，有其原則和底線在。

危險的工作他會自己扛，好處大家分，像他們這群要壞不壞的社會爛泥，跟了夜老大是好運氣。別支的人可能三天沒見，再聽說已經燒成灰了。

他們耳聞慶中幫主交代要開始掙錢，童明夜被約談好幾次，看他臉色凝重的模樣，顯然不會是加收保護費這麼簡單。

童明夜無法跟手下們商量，他們和自己都是群社會邊緣的小嘍囉，無權無勢。慶中決議改變營生路線後，這些日子幫主不停誇他手下帶得好，能打能跑，尤其都是年輕人，很好混進校園裡。

童明夜聽得眼皮直跳。

這時，一群二十來歲的年輕人明目張膽圍過來，女的嗤嗤笑著，男的大聲嚷嚷「也沒多帥」，分明就是衝著童明夜而來。

童明夜拂開髮絲，現出厲氣的眼凝視幾名穿搭流氣的挑釁者，帶頭的人卻還是不長眼色。

「哼，不過就是群垃圾！」

童明夜躍下山石，兩手扠在褲袋走上前，對站著比那人高上一些，對方才知道要開始害怕。

「你想幹嘛？我叔叔可是警察！他就在附近值勤！」

童明夜二話不說，一腳瞄準那張嘴掃去，送上一口血牙。

「啊啊，痛死了，殺人啦！」

童明夜睨著在地上打滾的年輕男子，淡漠地說：「我母親生我來世上不是給你叫垃圾的。」

「你們這些社會的害蟲都該被捉去槍斃……」

童明夜突然有些明白父親爲什麼要當殺手，可以不顧任何道德去了結討厭鬼的性命，或許眞是件快樂的事。

「夜老大，小心！」

童明夜猛地被飛拳擊倒在地，非常熟悉的痛覺，等他定睛看去，正義之士就是古董店店員。

「你爲什麼打我！」

「除暴安良，人人有責。」吳以文眼也不眨地說道。

「是他先來嗆聲，說我是垃圾！以爲我是自願當垃圾嗎？我以前的志向可是當勇者！」童明夜捂著腫起的臉，說得好不委屈。

吳以文明白了，轉向流著滿口血水的年輕男子：「道歉，明夜不是垃圾。」

人家不理他，吳以文就單手揪住他的衣領，眼中殺意畢現。

「道歉，不然宰了你。」

「對不起——！」人家都被嚇哭了。

哨音響起，接獲通報的警方急奔過來。童明夜趕緊收拾情緒，兩手拍拍，要手下依排練好的隊形散開。

「被捉到記得打電話給夏節哥！」

「收到！」

童明夜重心一偏，原來是吳以文拉著他百米衝刺，跳過一排排綠色灌叢，兩人都天生平衡感絕佳，藉由公園自然障礙物拉開距離。

「你們兩個，給我站住！」有名特別高大的警察追了上來。

吳以文聞聲回頭望，正好那個警察覺得他眼熟，猛盯著他不放，雙方眼神就這麼宿命交會在一塊。

「好啊，果然是你這個臭小子！」

吳以文拔腿狂奔，童明夜的腿就算比他長半截，也快跟不上他的腳步。

「文文救我！」情況危急，店員呼叫店寵，SOS！

草叢裡突然跳出一隻肥貓，把追趕男孩的警察重重撞倒在地，爭取到店員逃亡的時間，吳以文才順利帶著新養的野貓老大逃出生天。

童明夜扶著行道樹大口喘氣，他不只腿快斷了，右手也瀕臨脫臼，電影中小情侶手牽手逃跑果然只是營造出來的浪漫，他要死了。

「你和那個警察有什麼深仇大恨啊？」

吳以文同樣驚魂未定，呆滯的眼神像是跑掉三魂七魄，就剩個呼吸勻常的空殼。

「很多狗……」

聽起來似乎是不堪回首的回憶，童明夜沒再深究下去。

他們找了張隱蔽的長椅坐下，僞裝成假日一起出遊的好友。因爲消耗太多能量，童明夜半賴在吳以文身上，想想好像不妥，彼此其實沒那麼熟，又默默退開。

童明夜偏頭咳了聲：「我們幫中兄弟都這樣。」不能說他只是下意識想撒嬌。

「明夜，餓不餓？想吃什麼？」

「隨便啊。」童明夜偷偷喜出望外，撒嬌成功。「我想吃蔥油餅。」

吳以文動身到街上晃了圈，回來捧著滿手澱粉類食物，熱騰騰的，童明夜整個心花怒放，抓到什麼就往嘴裡塞。

「慢慢吃。」吳以文說。

「你比我媽還溫柔，我媽都唸我餓死鬼，說我都吃到身高去。」童明夜吃得滿嘴油光，笑到一半驚覺自己太過放縱情緒。吳以文依然面無表情，掏出手帕去擦他的油嘴。

童明夜覺得好害羞，但又不想吳以文停下來。這種從心底滋生出來的甜味，就叫作幸福吧？

「我們這樣好像約會喔。」

「約會？」

「就是兩個互有好感的人約好出去玩。」

「可是我沒有跟明夜約好。」吳以文遞過茶水，「我和明夜互有好感。」

「你不要剪接我的話用啊！」童明夜害羞得快死掉。「哎喲，謝謝你幫我出頭。」

吳以文叼著魷魚腳看過去，童明夜有些慌張，從初見面他就氣勢不如人。

「謝謝你拉我一把，阿文。」

童明夜低頭哭了起來，邊吃邊哭，吳以文只得抽出第二條備用手帕。

等虎斑貓悠閒尋來，童明夜蜷著頎長身子，靠在吳以文肩膀上睡，英挺的鼻子還不時抽吸著，顯然剛才哭得很慘。

吳以文拍著童明夜的背，輕聲哼著南洋的小曲。

以往封閉的生活還不明顯，和人相處過後，男孩的眞性情才一一蹦出來。貓認爲，這笨蛋小子本來該是喜歡人、溫柔不過的性子，出了差錯才會壞了大半。

直到傍晚，童明夜才擦著口水清醒，臉紅紅過西邊日頭，說完再見就飛也似地跑掉了。

吳以文揮手道別。

「胖貓，我們回家……」店員停下腳步，困惑地盯著自己的雙手，鮮血不停從指間淌下。

貓拍拍店員褲腳，無不憂心。

吳以文再看，手心已經變回白淨，才把貓抱起來，貼身運送回店裡。

貓問，那個野蠻警察是誰？差點去掉本大爺一條老命。

「那是師父，以前叫過他爸爸。」吳以文說完這句話，回去安靜了整個晚上。

四、小王子

星期六下午，林律人關在房裡塗塗寫寫。因爲週末家人都在，拉琴太張揚，他選擇在有日照的窗台動筆——

勇者：公主殿下，我來了，請妳打開窗，讓我得以親見妳容顏，獲得無比勇氣。

高塔上的公主：你錯了，我並不美麗，不足讓你以身犯險。

勇者：我只是想見妳，妳若是能打開心扉，說愛我、愛我，我便所向無敵。

高塔上的公主：如果開了窗，你卻一劍刺穿我胸口，我就應了詛咒，永遠困守在惡龍的高塔中。

勇者：請妳不要害怕，我親愛的……

本子突然被人從後頭抽起，林律人抓著筆蹦起身，他來去無蹤的大表哥正津津有味地看著內容，然後放聲大笑。

「律人弟弟，太好笑了，這種東西我一輩子都寫不出來，你眞有天分。」

闊別許久，林家長公子林律品依然像林律人記憶中一樣，頂著一張粉味的臉、一身時裝模特兒打扮，從不吝於展現姣好的外貌，雖然這在傳統的林家不受歡迎。

「還給我。」

林律品故意退兩步，抬手揚高印著玫瑰花紋的牛皮本子，就是有意要戲弄小表弟。

「哥哥我難得回來，你不歡迎我就算了，還敢對我大聲說話？」林律品知道這些年小表弟乖巧聽話，他每次挑釁都當沒事人，難得看到對方臉色變化，當然要把握機會。

「歡迎你回來，阿品哥哥。」林律人伸出左手，請對方歸還所有物。

「真沒感情。」林律品開始大聲朗誦本子上的句子，還加入自己的調笑。「可憐的律人公主，我來救妳啦！」

「你不要太過分……」林律人想到對方是林家正統的小主子，什麼話都吞了下去。

「就像你母親，整天妄想被男人捧在手心，身子被刺穿後，生下你這小小公主，仍舊不諳世事，只想逃避。不要以為林家能照顧你一輩子，表哥我告訴你，你只能靠自己，不會有誰來拯救你！」

林律品說完，用力把本子摔在林律人臉上，沒拿捏好力道，把他的眼鏡整副拍下。

林律人低身撿起本子和眼鏡，遲遲沒抬起頭，林律品心中犯著嘀咕。

「唉呀，哭了嗎？大伯在國外，沒人給你撐腰。」

「我知道。你舟車勞頓，快去歇息吧，我也累了。」林律人低頭按著右臉，聲音很悶。

林律品自討沒趣離開。林律人確認混世魔王走後，仔細鎖好房門，回頭照鏡子，從眼頭沿著鼻子被劃出一條紅痕，在白皙臉上特別醒目。

林律人不敢說話，一個字都不敢說，拿紙巾壓住傷處，希望它快點消下，別給自己帶來任何麻煩。紙巾上只有一點點血絲，卻沾滿大片淚漬。

星期一早上林律人才得知成叔生病，老管家本來想撐著病體來載他，被他嚴厲勸阻，好死不死，林律品從他身後攔截電話，向成叔自告奮勇送小表弟上學。

「律品，你可別把律人載去撞壁啊！」林律行撐著拐杖在門口拉大嗓門交代著。他今天要去醫院復健，請假一天。

林律人刻意垂著臉，坐上跑車右座。

「律品表哥，你不用勉強做這種事。」

「沒辦法，我可是未來的家主。」林律品故作姿態，林律人在心裡罵了聲，但家教太好，沒髒字可用。「你整天沒出房門，三餐都是秦姨送上去，還眞是大少爺脾氣。」

林律品猛地扳過林律人右臉，果然臉上有傷。

「怎麼辦？今天到學校，同學會問你是不是被家暴。不過你好像也不跟人來往，沒差。」

「麻煩你好好開車。」林律人下巴還被林律品攢在手上，說話有些吃力。

「你別怕，我不會對自家兄弟出手。」

林律品收回手的時候，瞥見對方指尖微微發顫，努力忍耐著。雖說他本就聲名狼藉，但眞被當作禽獸討厭還是會感到不悅。

「大伯那一房的都這樣，久了就變神經病。爲什麼要以隱忍爲美德？誰能完美無缺？把大哥逼上死路才甘心。」

「你不是很討厭律因大哥？」林律人只覺得對方假惺惺。

「很討厭啊，從我出生就被迫和那個模範生比較，還眞沒有一樣贏他。我當面叫他去死，他還勸我別在大廳說，有什麼煩惱到他房裡商量。唉唉，君子就算面對小人，依然是大家做派。」

林律人看著對方，林律品難得板起正經神色，甚至誠實地露出對他的厭惡。

「律人表弟，你不用像他發高燒趕去開會、隨時等候大伯差遣、有差錯就被劈頭罵：『和你母親一樣沒擔當！』房間可以擺著一把琴，沒事看看書……開玩笑，你就坐在林律因過去的位子上，憑什麼過得那麼快活！」

「什麼快活？我沒有爸爸媽媽，連待我如親弟的兄長也走了，你無所謂族人口舌，想要率性過活儘管去，不要想來指責我！」

「大伯不是嗎？」林律品嗤笑道，轉眼間收起自己因情緒暴露出來的執拗。

「表哥，不是親生的，總是不一樣。」林律人也試著平復剛才的失態。

兩人無語一陣，發現對方和自己認定的形象不太一樣，天生資優的他們必須花點時間承認失誤。

「我很好奇，你為什麼都叫老家主『大伯』？」

「母親帶我回林家，我看你和小行哥都喚他大伯，也跟著叫，改不過來。」林律人垂眼回想剛進林家的種種，其實算是美好的回憶。「母親被拋棄，我們四處顛沛流離，林家卻不計前嫌接納我們母子倆，我當時沒多想，對大伯、你們都是真心喚著。」

「得了，我又不是問這個。你呀，只要開口喚他『父親』，你就贏一半了。」

「我是『遺孤』不是『兒子』，這點我還有自知之明。」

「哼，又在裝可憐了。」

林律品本想直接把林律人扔在一等中大門，難得小表弟開口要求他遵守規定，他才繞了大半圈到家長接送區。

「弟，這附近有好喝的早餐店奶茶嗎？」林律品想起今早出門的重點。

「我又沒在外邊吃過。」林律人沒好氣地走下車。

「我就是想喝奶茶才早起出來這趟，你真的很不得人疼。」林律品一邊哀哀抱怨，一邊享受四周高中生驚豔的目光。

「不需要你多事。」

林律人扭頭就走，林律品叫住他，把廚房大娘特地交代的飯盒遞過去。人家秦姨本以爲林律行在學校會順帶照看林律人，後來才知道二少爺那個沒神經的都抛下小少爺自顧自到外面飯館吃好料，於是特地做了中午的餐盒。

林律人接過便當，眼眶微微發紅。有個屋簷，總是比在外流浪得強。

林律品卻在此時發話破壞林律人的感動。

「律人弟弟，聽我一句，成大事者不會被感情絆住手腳，你太窩囊，我鬥起來沒意思。」

「阿品表哥，你除了自己，愛過誰嗎？」

「小孩子還想教訓我？」林律品沒正面回應，只是摸了摸釘在右耳的銀環。

「我也勸你一句，以你這種心態，最好不要愛上任何人。」

中午林律人等了又等，他的撲克臉聽眾才姍姍來遲。吳以文因爲數學習作沒寫，午間又被班導扣住罵了一頓。

林律人見吳以文打開貓咪圖樣飯盒，也拿出自家精美的竹漆餐盒。

「你看，我也有便當。」林律人強忍著餓，就是爲了炫耀。

林律人優雅拿起黑木筷，挾起肉片咬了咬，蒜味太重，不合口味，笑臉立刻垮下。他又不敢像林律行跑去廚房嚷嚷「秦姨老了，弄那麼鹹幹嘛，小心本少爺休了妳！」（秦姨：哎喲二少爺您眞討厭！）林律人只能忍耐嚼著白飯，不肯再吃半口配菜。

突然一叉子擺到他眼前，林律人揚起眼，盯著叉上那一小塊肉丁。

謝謝，我不喜歡肉類和別人的口水，太不衛生了——林律人有禮微笑代替上述抱怨，但吳以文手舉在那邊動也不動，雙方堅持一分半鐘，林律人才勉強接受對方的好意。

昨天店長坐鎮店中，不知道天氣轉涼還是怎麼地，胃口不錯，晚飯有吃完，所以今天的便當都是新菜。

「這是你做的？」林律人平靜問道，內心可是驚濤駭浪，好好吃！

吳以文點頭，在林律人眼中散發著賢妻良母的光輝。

吳同學看林少爺沒有異議，就把便當換過來。林律人想推託兩下以表矜持，但又嘴饞人家飯盒中精緻的蛋沙拉。

「你多吃點，我寄住在別人家，要是沒吃完，回去不好交代。」

吳以文沒應話，他只是看上別人家獨門祕方的醃肉，等價交換。

「今天因爲送我的伯伯生病，沒有帶琴，我們就……一起吃飯。」林律人覺得很彆扭，突然想到他從來沒跟同齡的人對坐用餐過，到底該遵守餐桌禮儀安靜用飯，還是要試著交際身家？

「伯伯還好嗎？」吳以文輕聲探問，林律人只是搖首。

「成叔年紀大了，早該在家休息，是爲了照顧我才留下來。」

林家僱佣幾乎是半生的契約，不少有資歷的從老家主一代就在林家服務。老管家本來被提拔做老家主的左右手，沒人敢拿他家僕的身分說嘴。大夫人出事後，老管家毅然辭去公務，擔起照顧大少爺的責任，比自家孩子還要用心疼愛。

成叔總說：律人少爺只要活得開心就好。

不用林律品提醒，林律人其實也知道自己卑鄙無恥。

飯後，趁那該死的鐘聲還沒響，林律人斟酌道謝的話，最好能保持儀態，又能增進好感。

就在林律人糾結不已時，吳以文冷不防摘下他的眼鏡。林律人僵住手腳，因爲吳以文臉上沒有任何波動，他猜破頭也想不透對方的意思。

吳以文拿出一罐藥膏，細細塗抹傷處；林律人可以感覺到他指尖的溫度，卻沒有疼痛或不適感，動作十分熟練。

「你為什麼……」林律人怔怔搧了搧細秀的眼睫，沒想到對方一開始就注意到這點小傷。

「醫生說要隨身帶藥才不會被抓去解剖。」

吳以文每個字都說得很清楚，但整句話湊起來林律人就是聽不懂。

吳以文把特效金創藥收到腰際，林律人斗膽拉住他那雙準備去洗餐盒的手。

「你、你喜歡童話故事嗎？」

「喜歡。」

「勇者打倒惡龍是為了拯救誰？」

「公主。」

「你比較想當勇者還是公主？」林律人豁出所有積存的勇氣。

「貓咪廚師。」吳以文斬釘截鐵地說。

「為什麼！」林律人緊繃的弦突然斷成兩半。

「貓咪廚師就是廚師貓咪，行不改名，坐不改姓！」

相處數日下來，林律人發現，他還是沒辦法理解眼前男孩子的外太空思維。

十三班下午第一節是體育課，體育課雖是僅存的室外課程，但也只是分配給別科老師兼任，最常進行的體育活動就是「自由活動」。

同學作鳥獸散，樂得偷閒，只剩一名學生在雜草叢生的操場發著呆。

十三班班長本來已經走向圖書館，看到落單的同學又折回來，跟吳同學解釋自由活動就是課堂時間可以在校園各處走動，以不驚擾他人為原則，記得要在下一堂鐘響前回到教室。

吳以文似懂非懂地看著他，楊中和忍不住嘆口長息。

「你要跟我一起去讀書嗎？」

吳以文搖頭：「我，高處。」

吳同學終於回話了，楊中和為此露出笑：「我知道了，那你去樓頂小心一點。」

吳以文很輕地點點頭，班長真是好人。

一等中每棟大樓樓頂都有密碼鎖，但不知何故，前棟大樓樓頂總是鐵門大敞。曾有好奇者一探究竟，只見一頭吊著的長髮，目擊者連滾帶爬哀號下樓，但再帶人上去，門又鎖得牢實。

這在高年級間沒人當笑話，舉證歷歷，是眞實發生的靈異事件。

吳以文上去時，門剛好也開著。他看到的卻是平鋪於水泥地的烏黑長髮，並非垂吊在半空中。那頭黑長髮在午後日光映照下，看起來閃閃動人。

少女半枕在筆記電腦旁，臉上蓋著遮光白手帕。短袖襯衫和格子裙外露出白皙纖長的四肢，胸前微微起伏，應該還活得很好。

吳以文無聲無息走到她身旁，低身去掀那塊手帕，都忘了好奇心殺死貓的古訓。

少女突然睜開眼，黑白分明的大眸對上吳同學的橄欖圓眼珠。

「你是誰！」

這時，廣播響起：「一年十三班吳以文，請到校長室來。」

吳以文呼口氣，搭上樓頂扶手，在少女面前一躍而下。

少女呆怔了會兒，沒聽見預想的尖叫聲又躺回去，一會兒又坐起身，發現那不是夢。她腿間多了件男生的運動外套，依稀殘存對方的體溫。

十三班數學老師兼班導氣憤地向十三班國文老師抱怨班上吳同學。

「第一次就敢缺交作業，是有那麼難嗎？問他也只會裝死！」

洛子晏笑道：「小文默寫一百分喲！」

「他偏心。」樓大美女投以哀怨目光，明明相貌她大勝，學生卻偏愛這個教國文的傢伙。

「那孩子寫字很漂亮喔，不知道是誰教的。」洛子晏把滿分的卷子抽出來，比了比，各以標點不明、字不工整扣了半分，最後只留下吳以文署名的那張。

樓小今看在眼裡，有些無奈道：「你也偏心。」

「我上課留三分鐘給他們背誦，他就把課文一字不漏默寫出來。」洛子晏在講台看得一清二楚，吳同學只看過一遍就闔上課本。憑那孩子消極的學習態度，放假在家肯定完全沒有唸書。

「你什麼意思？」樓小今狐疑盯著同事。

「沒什麼意思。」洛子晏笑了笑。

「學長，剛開學你應該很閒吧？我就很閒。」

「小今妹妹，如此姿容又添上高中教師的花冠，妳能有空？」

樓小今被這麼一調笑，都忘了人家交代要旁敲側擊、循循善誘。她又不是文組的，本來提問就是爲了求出解答。

「你老師啦，他問你怎麼不回去看他？」原文很長，但樓小今翻譯鄰居伯伯文謅謅的句子就是這個意思。「你搬走之後，他成天懷疑你得絕症客死他鄉。明明在同一座城市裡，我眼前的是鬼嗎？」

「我在編教材，抽不開身，麻煩妳向老師賠個禮。」洛子晏聲音淡下，避而不談。

樓小今「哦」了一聲，回去向鄰居伯父說他的愛徒不要他了。洛子晏大學到畢業都和系上教授同住，感情良好，不知情的人還以為他們師生是父子。

「對了，校長今天找小文去，不知道是什麼事？」

「你管那麼多幹嘛？你導師還是我導師。」樓小今嘴上數落，不過心裡也很在意，光是校長指名到她班上來代課，就讓她深深皺起柳眉。

聽到關鍵字，辦公室各處朝他們兩個新人掃來目光。他們也察覺到異樣，轉而說起大學時候的趣事，「子晏學長！」、「小今學妹～」彼此噁心了好一會兒，才把旁人的注意轉移開去。

原本負責執教十三班歷史的黃主任偷偷走來他們辦公桌前，低聲提醒他們：千萬別多管閒事。

兩名新人教師心中不約而同有了共識——這學校，有問題。

連海聲難得在店中待了一下午，閒著沒事，想起他養傷那陣子的事。

那陣子他無聊到教一個笨蛋讀書習字，華杏林看了嗤嗤笑他果然還是把小孩認下來，開始了延大官人的育兒之路，他只承認那是啓蒙教學。

他們待的小屋沒有桌椅，只有一張大床，吃睡都在上頭。他把孩子抱在膝上，握著稚嫩小手，一筆一畫教他寫字。等寫完一張日曆紙，那孩子轉身向他獻寶，好像完成了什麼大事，橄欖圓的眼珠大睜著。

他笑著摸摸孩子的頭，讓那個小笨蛋軟軟埋進他懷中，軟軟叫了聲：「媽媽……」

他臉色垮下，氣得去扭那顆笨腦袋。

華醫生知情後，笑到眼淚都流出來，果然幼兒最先學會的發音就是媽媽。

那孩子非常依賴他，就像塊黏皮糖，對他跟前跟後，晚上一定要抱著他才肯入睡。他曾懷疑如果自己死在手術台上，那孩子也會跟著死去。

但他畢竟不是當父母的料，也沒多少選擇，挑上膝下無子的吳警官把孩子送走。他總想，那是個乖巧柔順的小孩，生得也可愛，一定會被人捧在手心上疼愛。

可是再見到他時，那孩子卻變得和死去沒有兩樣。

銅鈴清響，連海聲回過神來，擰了擰疲倦的眉頭。

「老闆，回來了。」吳以文提著書包向店長打卡上工，連海聲無力揮揮手，叫他到後頭換衣服。

等店員繫著黑領結出來，連海聲仔細瞧去，發現這小子長高了。

吳以文習慣了連海聲無視於他，正要趕在晚餐前把散步的貓找回來，店長卻叫住他，不知緣故，那張美麗的面容看來柔和一些。

「學校怎麼樣？」

吳以文定住，睜大眼與連海聲那雙鳳眸對看，如此十來秒。

「可以不去？」

「不行。」店長一口駁回。

店員垂下頭，好不失望。

過了一會兒，吳以文成功從外頭抱回店貓文文，趕緊進廚房準備晚飯。連海聲用膳時，他就遠遠站到一旁，適時倒茶端湯；貓則是大口朵頤盆中的特製貓食。

晚飯後，連海聲勉強提起精神來審查別人抱他大腿求他看個兩眼的文件，吳以文在一旁整理古物。店長辦公辦到一半，隱約聽見少年的私語。

「數學老師很凶……交換便當……長髮和老闆一樣漂亮的女孩子……」

店裡沒有其他活人，店員講話的對象無疑是腳邊的虎斑貓，聊得非常起勁。

「什麼女孩子？」連海聲不經意插話，通常人對男女關係都比較敏感。

吳以文看著店長不回答，連海聲有點不高興。

「老闆偷聽我和文文說話？」店員呆滯的臉龐似乎有些驚恐。

「不想我聽就安靜一點！」連海聲吼完，店裡瞬間鴉雀無聲。

吳以文連著頷首，清掃過後就拎著掃除工具退到後方。他躲在廚房，小小聲問貓：

「老闆爲什麼生氣？」

店寵早就看穿美人那張畫皮底下的火爆性子，店長發怒無須任何理由，店員卻爲此糾結不已。

「飯不好吃？」吳以文戰戰兢兢，他端到連海聲面前的菜色絕對是傾盡心力。「吵到老闆？師父也說我很吵、很煩……」

貓感覺到吳以文神智開始混亂，立刻卯他一爪，店員又安靜下來。

「喵。」你聲音好聽，別攢著，多說點。

吳以文低身把貓抱進懷裡。

連海聲滿心不悅忙到十點，吳以文無聲無息端著溫水和藥過來。

「什麼意思？」

「老闆晚安。」

大概適才莫名凶了他一頓，良心不安，連海聲沒多抱怨就上床休息。

過了十來分鐘，吳以文過來替睡相很差的店長大人蓋被子，看美人側身睡得很沉，他知道藥劑有安眠的效果。

「文文，你想和老闆睡嗎？」吳以文盯著空大半邊的柔軟床鋪，遲遲不回去寫功課。貓輕嗤一聲，早趴在店長大腿睡過好幾次了。

於是吳以文斗膽跪坐上床，一點一點靠近毫不知情的店長，最後像幼時那樣把自己埋進他懷中，依偎著這人的體溫延續這條薄賤的性命。

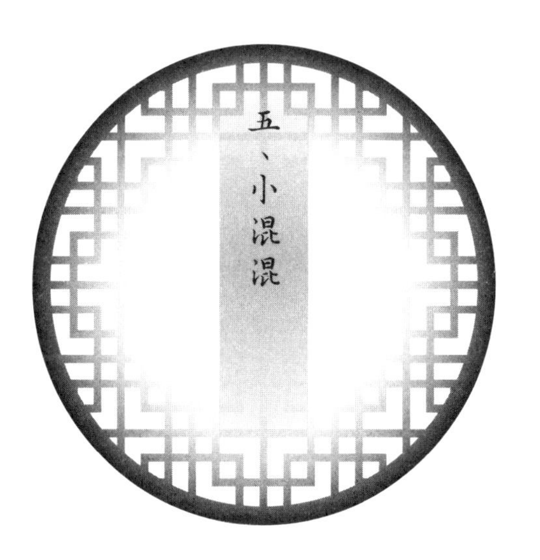

五、小混混

大清早，一個戴著高禮帽的燕尾服大叔和一個穿著粉紅短袖運動服的肌肉老男人，一起趴在陽台欣賞美景。附近鄰居看到都忍不住關起窗子，可疑到想要報警處理。

「趙紳士，聽說女中有意聘請你。」兩男向來互敬對方紳士，偌大世間，只有彼此明白小男生純潔的愛好。

「唉唉，我回絕了，我實在對小女生沒辦法，但全市也只有女中培訓體育人才。」

「太好了，我要給多少才請得起退休國手和你身後一班體院子弟？」

頭髮花白的肌肉大叔用眼神示意，叫高禮帽大叔看向底下清晨練跑的少年們，兩人默默在心中讚歎男孩青春的肉體。

「隊形很整齊，素質不錯。我探聽過，本來國中有潛力的孩子都轉到外縣市發展，你如果首屆就想辦出成績，只剩他們了。要是你有辦法把這些孩子拉出黑社會，我就出山。」

高禮帽大叔激動地點著頭。

肌肉男大叔又指向帶隊的男孩子：「那個小帥哥幾乎是全才類型，速度、反應力、持久度、爆發力，聰明的腦子再加上領袖魅力。看來已十七、八歲了，再晚一點就來不及了。我上次碰見他騎機車過去，就想看他披錦旗帶隊出征的樣子。」

高禮帽大叔連著點頭，最喜歡青春洋溢的小男生了。

「鍾紳士，假設有個孩子，允文允武，要他讀書好，還是訓練他成材？」

「在這裡，文的至高點是大總統，武是九聯十八幫的頭子，要是你會選哪個？」

肌肉賁張的運動服大叔一聲嘆息：「沒有老師會想把學生送進黑社會，雖然他們待遇真的不錯。」

「換個方面想，總統有任期，天海幫主可是在那位子幹了三十年，而且社會黑道勢力越強，培養警力也會越用心，你看現今警備體系的紙筆考試只剩錄取成績兩成；晉升除了年資，也看功績。」

「那也是白道的走狗。你執教多年，也知道有些東西乖乖坐在課堂上教不出來，卻是這時代最欠缺的人才——英雄。」

童明夜帶隊晨練完，解散小弟去自由活動，正好碰上騎車上學的吳以文。吳以文在車輪把人撞飛之前，立定跳下，任童明夜一身汗將他抱個滿懷。

「阿文，早啊！」

吳以文神遊一陣，拿出車籃的飯盒當作招呼。

童明夜本想歡喜接過，理智突然戰勝食欲，問起這便當難道不是小文文的午飯嗎？

「有合作社，明夜拿去吃，別餓肚子。」

童明夜以爲是進入青春期的關係，才會像少女一樣多愁善感，他每次看到這孩子都有股噴淚的衝動。

「阿文，這些年來我總是充老大，到你面前就變成小弟，我們之前一定有不可告人的緣分。」

吳以文眨了兩下眼，童明夜伸手扯開他的嘴角，試圖弄張笑臉出來。

「你人這麼好，笑起來又可愛，別板著臉，會有很多人喜歡你的。」

童明夜放開手，吳以文還是面無表情，這些日子相處下來，他也多少察覺到對方的不同。

他母親說得理想，每個孩子都有自己的特色，但寬容並非人人共有的特質，特異本身就是會給群體生活帶來阻礙。再這樣下去，他家小文的校園生活一定會遇上麻煩。

「你回想點開心的事，笑一個看看。」童明夜循循善誘。

「好久沒有和全裸的老闆一起睡覺。」吳以文語氣甚是溫柔。

「阿文吶，雖然我沒資格說你，但你跟一般孩子眞的差太多了。」童明夜比了比腦袋瓜，對方內容物成謎。

因爲便當拿去餵貓，吳同學中午來到一等中合作社。

看著一群平時自認爲優等生的同學在熱食區擠破頭，流血流汗的，吳以文只是順著人潮慢慢流動過去，不然他一出手必定見血。

「吳以文，你也來買飯嗎？」

吳同學聞聲向右看齊，啊，是小和班長。

楊中和對著這片毫無秩序的景象苦笑，校方對學生伙食放任到隨便的地步，也不太禁止外出用餐。

「東西是好吃，但分量太少，就是吃不飽，但是帶便當又沒有地方熱。」

「樓下有。」

楊中和第一次聽見吳同學答話，怔了下才說：「你該不會偷用教師辦公室的保溫箱吧？」

吳以文搖頭，他是光明正大地用。

等他們來到櫃台，只剩下一盒炒米粉和巧克力派。

「我們一人一個，我還有阿嬤給的麻花捲。」楊中和朝吳同學微微一笑，向販賣部阿姨要了巧克力派。

吳以文第一次見到有人把點心當作正餐吃。班長他，應該很喜歡甜食。

林律人見吳以文端著賣相普通的米粉前來，神色不住失落。枉費他今天帶了琴，竟然用他不喜歡吃的米粉回報他。

林律人拉著雄糾糾的進行曲表達不滿，不過看聽眾低眸專心聽著，又覺得原諒他好了。

林律人收弓時，已經做好被丟銅板的準備。吳以文卻從腰間摸出一只絨布盒子，打開來是枚細緻的銀幣。

「這是？」林律人在心中長長「嗯」了聲，「銅板儀式」升級了，此刻的心境非常微妙。

「Victoria時期發行的Crown，謹獻給我的殿下。」

林律人沒有被吳以文的紳士禮沖昏頭，有些慌亂地質問。

「這很珍貴吧？」

「店裡很多。」店員整理商品時，只要店長一聲「拿去」，就成了他的賞賜。

林律人日前只是提出能不能以比較高雅的手法來讚美他的琴聲，吳以文就超乎他五十倍期望達成了，然後又是長達一分半鐘的掌聲。

「看你呆呆的，你其實是個很羅曼蒂克的人吧？」林律人有感而發。

「羅曼蒂克？」

「對我來說，就是愛作夢的人，願意把現實包裝得美好，也願意守著別人的夢，不把幻想當成笑話。」

吳以文陷入漫長的沉思，林律人看了輕笑起來。

「你看我又說奇怪的話了，自己逃避現實，還想拖人下水。」林律人用沾染松香的手指碰觸對方側臉，小心翼翼，不希望引起反感。

吳以文也伸手揉亂林律人一早梳了半小時的頭髮作爲回應。

「……」林律人頂著一頭亂毛，安靜吃完便當，依舊對吳同學理解不能。

放學時分，突然有機車呼嘯而過，有人驚呼，最近市裡接二連三的飛車搶劫事件，竟然在一等中大門上演。

同時間，兩名青少年甩下書包，拔腿直追。

看似纖弱的女學生甩著馬尾、鼻孔噴著大氣，趁歹徒因路口車輛密集通過而緩下速度，飛身掃落車上兩人，另一個傢伙則是穩住差點衝向行人的機車。

歹徒戴著全罩安全帽，拿出小刀；女同學摸摸裙袋，可惡，她的開山刀被教官沒收了。

她的臨時伙伴卻無懼利刃，冒著見紅的危險欺身向前，空手奪白刃。女同學家中有不少從軍校拉攏過來的打手和保鑣，看得出來這名穿著新制服和自己同屆的男同學受過正規軍警訓練，而且年紀和底子不成正比。

吳以文聽見警笛聲，二話不說把已被打昏的歹徒留給見義勇為的女同學，跑得比貓還快。

「同學、同學！」女學生連叫兩聲，可吳以文因爲聽見某警官的大嗓門而不敢回頭。

「我是一年十二班，丁擎天，有機會認識一下！」

這是一等中校花一見鍾情的紀念日。

連海聲撫著腿上打盹的貓，接起鈴鈴響的旋鈕電話。

「海聲，我好想你喔！」

店長立刻把話筒放到一旁，繼續看書。

「聽老師說你養了一個可愛的小朋友，真是嚇死我了，帶來南洋給我看嘛！你也知道，我最喜歡小孩子了！」

「不要。」

「親愛的，你好小氣～」

等對方嘮嘮叨叨十來分鐘，連海聲才拿起話筒，以討債人的口吻回應：「林和家，說正事。」

吳以文正在晾書畫，聽見那男人的名字就提不起勁。每次他打電話過來，店長隔天就動身到海外，放他一個人顧店，那男人在他心中就是個大壞蛋。

果不其然，連海聲放下話筒就吩咐店員收拾行李，他要到南洋一趟。

「是，老闆。」吳以文喪氣走向後頭，看向店長腿上幸福的貓，又停下腳步。「跟老闆一起去？煮飯給老闆吃。」

「不行，你還要上學。」連海聲以一貫無情的態度拒絕店員任何要求。

連海聲林林總總整理出要商談的文件，心底咒罵無能的合夥人百來句，才去上廁所。噓噓完，總覺得自己房間太安靜了，過去一看，吳以文抱腿坐在大開的行李箱中發呆，好像正想著怎麼把自己混進行囊出海關。

連海聲又被店員的愚蠢弄得哭笑不得，以踢店員屁屁的方式要他重開機啓動，吳以文卻突然抱著連海聲雙腿，緊挨著店長不放。

「你幹什麼？」連海聲低身把店員扒開，孰料他卻抱得更緊，就像是從前那個什麼都不懂，只能倚靠他生活的小孩子。

華杏林知道那孩子怕她，總是避開孩子在的時候上門，來的時候一定會對這間被整理得一塵不染的店慨嘆幾句：看來小朋友還是很喜歡你，從他的生活看不出半點恨意。

連海聲試了幾次，總算成功把吳以文推開。

「不會去很久，很快就回來了。」

「老闆會回來？」

「廢話。」

吳以文想了想過去店長承諾的兌現率，還是倒頭把自己連同機密文件鎖進行李箱。

「笨蛋，你腦袋在裝什麼！」店長吼出許多人的心聲。

等連海聲打開嚴密的金屬釦鎖，抓出因缺氧而臉色潮紅的吳以文，痛打一頓後，叫笨蛋到外面的資源回收車旁罰站，看有誰要就撿去算了！

店長遠行當天，店員在學校成天沒勁，外面又轟隆下起雷雨，雪上加霜。

國文老師下課把小朋友招來玩，送他一本繪本，當作小考滿分的禮物，希望小文能打起精神。

吳同學雖然一直面若冰霜，但洛子晏總覺得他今天恍神得特別嚴重，遲遲不接過包裝精美的小禮物。

「小貓咪，怎麼了嗎？」

吳以文仍是低頭不語，任老師搔亂他軟髮。

校長正好下樓巡堂，叫住吳同學和洛老師，一臉和藹詢問他們在做什麼。

洛子晏努力斂住習慣上揚的語尾，正經八百地告訴校長他在責備這位同學上課不專心，有意無意擋住校長打量吳以文的視線。

「身為師長，理應循循善誘，怎麼可以隨便訓斥孩子！」

「這樣啊，我受教了。」洛子晏無畏迎上校長的目光，校長臉上的笑意明顯淡下。

上課鐘響起，吳以文默默推了推老師，洛子晏才向主掌他是否能留任一等中生殺大權的校長行禮致意。校長過來接替他的位子，領著吳同學回教室。

「要是有人欺負你，不管是誰，儘管來找我。」校長略略低下身子，在吳以文耳邊輕語。

吳以文照例沒有回應，只是趁校長不注意的時候轉過臉，看國文老師在後方笑笑比著兔子耳朵。

吳以文垂下眼，把懷裡的繪本仔細收好。

放學時分，吳同學提著書包站在中庭發呆，大雨依舊滂沱。

「吳以文，你沒帶傘嗎？」聽聲音，不用轉頭就知道是十三班班長。

說來話長，今早店員正要出門，店裡的胖貓叼著折疊傘過來，顯然已看了氣象預報。但店員記恨牠昨晚嫌棄他一身垃圾味（被店長叫去社區回收車旁罰站一個半小時），不講義氣地跑去向店長蹭床，故意不理貓的愛心傘，結果受罪的還是自己。

楊中和看吳以文的唇微微動了下，好像是叫他「班長」，勉強算打上招呼。

「你有帶錢嗎？我帶你去附近超商買傘。」楊中和正要拉著同學出發，雨中卻走來一名中年婦女，撐著顯眼的五百萬大雨傘來尋他。「阿母，妳哪會來？」

婦人笑說：「驚你走嘸。」

「最好會！」楊中和駁斥回去，又看向身旁的同學，溫潤的台語轉回標準的國語。

「吳以文，這是我媽媽。母啊，這是我同窗。」

吳以文睜大眼，極力擠出一句氣音：「伯母好……」

楊中和怕勉強下去他同學會崩潰，早一步向想跟他同學搭話的母親詢問緣由。

楊母說只是超市早下班，心想高中也差不多放學了。孩子從小都是讓丈夫接送，自己也來嘗試一回。

「咱家甘生恁一個，當然要看較緊。」楊母朗聲笑著，伸手擰了兒子肩頭一把。

吳以文聽不太懂台語，就所見判斷，應該是楊母臨時起意來接小孩，即使她明知向來謹慎的兒子有帶傘。

「吳以文，剛好這把傘你拿去用，明天再還我。」

吳以文接過，看楊中和走進大傘中，眉眼散發著被關愛的喜悅。等他們母子倆走遠，他才揮手道別。

吳以文打開透明傘，沒想到傘面竟然有貓咪，睡覺的黑貓咪！

他看得猛眨眼，握著傘柄給傘轉圈圈。原來班長也喜歡貓嗎？

林律人走來中庭，遠遠就看到那個怪人在玩傘，經過的學生偷偷對他指指點點，吳同學似乎是一年級出了名的問題人物。

他走了過去，站在怪人身邊好一會兒，憂鬱望著灰濛的天，好比他此刻的心境——他沒帶傘，家裡只有林律品那混蛋有空，他毅然決然拒絕林家大少爺惡劣的善意。

林律人等了又等，終於等到吳以文開口。

「有人接你？」

「沒有。」林律人柔弱地嘆口氣。

「一起走？」吳以文把小和班長那招現學現賣。

林律人偏頭凝思，不想太快答應，好一會兒才向吳以文揚起孩子氣的漂亮笑容。

「如果你是女生，和我走在一起一定會被眼紅的人欺負。不過你既然是男孩子，就一起走吧！」

而林律人的熱情才走出校門就被澆熄大半，沒想到雨中散步根本一點也不浪漫，頭髮塌了、襪子濕了，而且他每天坐車，不知道林家本宅原來那麼遠，走得他腳好痠、好委屈。

等林律人在內心埋怨完全世界，才去注意始終不吭一聲的吳同學。

雨很大，爲了不讓他淋到雨，吳以文半邊身子都在傘外，另外在傘內的半邊也濕得差不多，但林律人沒有一根秀髮沾上水滴。

後頭駛來黑色轎車，緩緩靠向兩人，司機從降下的車窗輕聲喚住林律人，是林家的老管家。

「成叔。」林律人回應一聲，不知爲何心裡有些失落，他轉頭跟吳以文說：「我家裡來人了，你自己回去吧！」

林律人說完就冒雨跑上車，不敢看對方的表情。

「少爺的朋友嗎？」成叔問，林律人含糊回應，於是老管家對吳以文和善邀請：「這位公子，不如讓少爺送你一程吧？」

吳以文搖搖頭，成叔也不勉強，慢駛而過，盡量不讓積水濺到少年。

當轎車行駛一段不小的距離，本來一語不發的林律人請成叔回到與吳以文分別的地方。可是當他掉頭回來，伊人已經走遠。

當吳以文與林律人分別，正要調頭回去古董店方向，有人冷不防一把撞進他懷裡。

「嚇到了吧！」童明夜朝他咧嘴笑道，全身濕得徹底。「借我躲一下，我家就在這附近。」

吳以文拿出手帕，童明夜連說不用忙了，早就連內褲也濕了，小雞雞也要淹死了。

「小雞雞？」吳以文撐著傘，朝童明夜報出的地址前進。

「別裝了，我就不信你以前沒被同學抓過鳥！」童明夜笑得異常開朗，掩飾他顯露在人前的狼狽。他被列在市分局少年隊重點追查的對象，剛才在雨中可是經歷一段飛車追逐，棄車爬牆才一路逃到這裡。

「陰莖？」吳以文一臉認真反問。男性身體主要要害之一，他幼年習武，曾誤擊師父那處，害挨刀挨槍也不吭一聲的男人蹲在道場半小時起不了身，放話說要是以後生不出孩子就把小徒弟剁去餵狗。

「……孩子，沒關係的。」童明夜被那純潔的眼神擊敗。

他們來到一排舊樓房底下，童明夜摸出鑰匙，許久未用，轉動好一會兒才打開大樓鐵門。雨天的濕氣讓老房子霉味更重，他們沿著狹窄的階梯蹦跳至四樓。

進屋時，童明夜對空氣微笑說道：「媽媽，我帶朋友回來了。」

吳以文環視童明夜所謂的家，空蕩蕩的，死寂一片。

「你隨便坐，我找乾衣服給你。」童明夜進到臥房，吳以文留在外廳。

顏色不相配的木色茶几和灰色長沙發組成小客廳，積累近一年的灰塵，只有茶几上的相框相對乾淨，似乎常常有人拿起看著，就像吳以文現在所做的一樣。

童明夜出來，見吳以文在看自己小時候的照片，有些不好意思，稍微介紹一下。

「這是我爸，他不太讓人拍照，只有這麼一張。我和他長得很像吧？」

照片背景就在這間老公寓，男子非常年輕，不過二十左右，抱著襁褓中的孩子微笑，容貌非常俊美，幾近妖冶。

「很像。」吳以文放下幾乎要被他捏碎的相框。

「這是我兩年前的衣服，你換穿起來應該差不多。」童明夜把衣褲扔過去，然後動手脫光自己，期間還試圖熱絡一下雙方情感。「快、快跟我一起脫吧，讓哥哥好好疼愛你！」

「讓哥哥好好疼愛你。」吳以文面無表情複製貼上。

「對不起，我不應該教你這種五四三！」

後來童明夜只是喊了聲「好餓」，吳以文竟然用廚房的乾貨變出一鍋麵來，童明夜一臉驚恐（不愧是貓咪大廚！），吃下他人生中最美味的鍋燒什錦麵。

「你不用回店裡嗎？」

「老闆不在。」吳以文拿起罩在頭頂的大浴巾另一端，細細擦乾童明夜的濕髮。

童明夜打了個飽嗝，靠在吳以文膝頭，那種肌膚相觸的溫度讓他發懶，不想移開半步。他輕拍那張看似不染紅塵的臉蛋，不知道爲什麼，兩人能夠親近起來，他覺得很高興。

「你幹嘛對我這麼好？」好到就像是……他們本來就該在一塊。

「明夜，哥哥疼你。」

當吳以文輕手撫摸他的頭髮，童明夜感覺有什麼竄上胸口，幾乎要蹦起身子。

他們就這麼相擁入眠，直到童明夜被雷聲驚醒過來，不知所措地望著沉睡的對方。他偷偷湊近幾分，親了親他耳鬢，再把發熱的臉埋進他懷中，心想自己真的完蛋了。

吳以文在店門口收了傘，拎著濕透的制服和書包進屋。

虎斑貓抬爪敲了敲食盆，小店員過去蹲在貓旁邊，說著責怪似的撒嬌話。

「胖貓，又開門跑出去玩，你很不乖。」

「喵咧！」還不快去備飯，臭小子！

「跑去哪裡了？」

吳以文屈頸窩在虎斑貓一團茸毛上，貓能感覺男孩身上那股從外頭帶回來的濕冷。

店長的嗓音從身後傳來，吳以文立刻蹦跳起身。連海聲垂著還散出熱氣的長髮，身上只披了件浴巾，眼中帶了幾絲責備。

「老闆沒去南洋？」

「下雨，班機延了。」連海聲漫不經心回應，突然店員三步併兩步跳到他身前，繞著他左右轉圈，活像餓壞了見到飼主的小貓。

「老闆要吃什麼？大魚？雞？小魚？」

「不怎麼餓，你先去洗澡。」連海聲剛才差點睡沉在浴缸裡，聽到外面的動靜，心想是笨蛋店員回來，才爬起來罵人。「這一區治安不好，你別太晚回來。」

連海聲說完，拍拍吳以文賣力獻殷勤的腦袋，然後到臥房換衣服。

吳以文站在原地猛眨眼，一掃過濕的情緒，活力全開，於是今晚古董店出現家庭版的滿漢全席。

林家每月大約有兩次家族會議，希望能集思廣益想想家裡有什麼隱憂、外面有什麼敵人，順便凝聚一下有點散漫的向心力。

在軍中擔任要職的林和簷開會時，總要炮轟一下坐在會議桌前頭，卻心不在焉的三名小子們，不時提到他們上一輩感情有多融洽，他和林和堂又是多麼努力優秀。混蛋，全部給他九十度垂直坐好！

因為不好意思耽誤其他人的時間，小輩們總是等到分家的人離開，才向代理主席頂嘴抱怨。

「和簷哥哥，我這輩子最不想成為你跟和堂哥這種人。」林律品輕佻地咧開嘴角，從小就是林家的問題兒童，讓他親叔真想一頓板子下去。

「對嘛，你們實在很無趣，難怪過三十都沒有老婆！」林律行大剌剌附和，刺中林和簷的心頭傷。

林律人在一旁拈著自己秀髮不搭話，林和簷猛然瞪向他，他趕緊澄清自己沒有要接著嘲弄的意思。

「律人，雖然你是外家進來的，但也不准有置身事外的想法！」

因爲表哥混蛋而受到遷怒，林律人只是溫順承受下來，心裡想著吳同學回家了沒。

「和家也是父母雙亡被家主收在膝下，是我們這一輩最優秀的一個，你也要加把勁才是。」林和簷語重心長，林律人身子一僵，身旁響起林律品的大笑。

林家太公有三子一女，本以爲能開枝散葉，沒想到優秀的長子過世得早，三房想搶長孫家主的位子，被二房擋下，於是年僅二十的長孫繼位，也就是現在的林家老家主。

二伯公因長兄過世，三弟又不懂事鬧得家裡一團亂，心情憂憤，也在壯年離世；沒多久，與大侄子交惡，失去所有靠山的三伯公跟著踏進棺材。

林家經此劇變，深感兄弟和睦的重要。老家主決定不分家，與二房三房的長堂弟以親兄弟相稱，就像彼此擁有同一個父親。那時林和簷（三房次子）和林和堂（二房次子）還小，幼年喪親，對他們來說，獨力撐起家門的老家主是如父執輩那般的存在。

然而，連遠嫁外地的姑姑也傳來惡耗，夫妻雙雙死於空難，留下一名孤雛。

老家主把孩子帶回林家，那時候能反對的人都不在了，大家只覺得能留住一個親人是一個，不願再聽見任何天人永別的消息。

林和簷還記得，他第一次見到家主帶回那個孩子，在他臉上看不到任何喪親的哀慟，笑容和煦，絲毫不怕生，主動拉著緊繃站在角落的他和阿堂叫弟弟，他的到來著實補足性格傳統的老家主顧及不到的事物。

「他對我和阿堂，就像律因之於你們，遠比家中所有人還要優秀，讓人打從心底信任。」

林律品嗤笑一聲，帶著惡意打斷林和簷的懷想。

「是喔，可惜終究是個叛徒，外家的人就是不能信任。」林律品有意無意瞄向冷情的小表弟，林律人不理會他的挑撥。

「既然姓林，就永遠是林家人，他只是錯看延世相。」事已至此，林和簷還是下意識爲被逐出家門的兄長說話。

林和家從少年時期就結識那個令整個社會風雲變色的奸雄，不停遊說老家主，說什麼時下政局無人，奇貨可居，延世相日後一定能帶起這個衰頹島國再度繁榮起來，開創出新的時代。

就算老家主不同意，他依然以林家爲底注，全力輔佐延世相。

就算林和家向來眼光獨到，他們一點也不想承認那個外人哪裡好，不時揪出那個外人的缺失，在背地打壓他，深怕他眞的出頭。所以往後延世相崛起，對有恩的林家重重擺起臉色，林和家竟也笑笑，說那是自家人招來的。

就算他後來終究因爲那女人和延世相決裂，也不容許自家兄弟說他半句壞話，執意偏袒到底。

「家裡也是他反對和亭嫁給那傢伙，他說林家照顧得起一對母子，不用怕別人閒話或是爲了利益把女兒送出門，早知道……」

林律人不知道該如何反應，只是垂下眼，閃避舅舅同情的目光。他口中說的可憐女人就是自己的親生母親，在與延世相的婚禮上被大火活活燒死。

「剛好，有個問題我早就想問了，延世相眞的死了嗎？」林律品舉起手來。

「廢話，那個禍害死一萬遍都不夠！」林和簷一提到那奸人，忍不住咬牙切齒。

「說到延世相，阿品，都怪你之前叫我去查那家店，害我被打得……」林律行說到一半，看向林和簷的臉色，緊急閉上嘴巴。

「和家小叔和那家店的主人往來頻繁，我懷疑有古怪也是當然。想想他當初被攆出家門，我還以爲他會跑去尋死，沒想到是去南洋經營事業，還做得有聲有色，很不像他這個人。和簷哥哥，你所知的林和家並不是愛在頂頭出主意的傢伙，眞正的主使者是連海聲。這個人來歷成謎，你們最好牢實盯著。」

「律品，你究竟想說什麼？」林和簷凶惡瞪來。

「其他弟弟們不知道就算了，當時你們翻遍火場，根本沒找到延世相的屍身，只是爲了讓和家哥死心才捏造死亡證明。我雖然沒良心，但也知道殺人償命的道理。」林律品嬉笑點破長年壓在林家上頭的夢魘，「不過沒關係，延世相來討命的話，把律人弟弟推出去就好了，那傢伙還欠他一個媽媽呢！」

「阿品，這一點也不好笑！」林律行奮力拍桌。

事情過去將近五年，林律人連母親的長相都不太記得，更別提什麼喪母之痛，兩名表哥的爭吵卻安靜下來，因爲他莫名哭得滿臉都是淚。

哭什麼？傷心什麼？自己不是錦衣玉食，過得很幸福嗎？

林律人感到胸悶，一口氣喘不過來，脫力摔倒在地。

他身體倒下，意識卻很清楚，痛斥自己不准昏過去，快點清醒，不可以在別人家添麻煩……可是他卻只能看著旁人七手八腳把他抱到房間去，呼喊著快叫醫生。他醒著，就是無法反應，控制不了急促的呼吸。

林家的私人醫生趕來，床邊圍著家裡人。醫生診斷後，判定症狀已經緩和，小公子身體無礙。

「應該是積鬱已久，遇到缺口宣洩出來，精神一時承受不住。」

「沒有，我很好！」林律人急忙向醫生辯駁，感覺有好幾道目光聚在他身上，不能讓人以為自己不識好歹。

「他吃得很少，都不太在人前說話，總是一個人待在房間。他以前不是怕生的孩子，阿姨過世後才變成這樣。」林律行開口說道，林律人怔怔望著二表哥。

林律行口無遮攔，行動不考慮後果，心思卻比一般男孩子細膩許多，家裡的一切他都看在眼裡。

「你們要多關心他。」醫生囑咐與小少爺年紀相近的兩名公子，又輕拍林律人纖瘦的肩膀。「你也要試著接受親人的關心。」

林律人只覺得好難堪，好想從窗台跳下。

醫生走後，大人們也各自去忙，房間剩下三個男孩子。

「拜託，大伯父底下已走了兩個孩子，你再出事，大伯真的要跟著去死一死了。」林律行語重心長道出家裡流傳許久的長房詛咒，大伯父在外面不知道冒犯到什麼髒東西，一輩子都在剋妻剋子。

林律人只是虛弱回應：「成叔在休息，別告訴他。」

他想喝水，手還沒動，林律品就把床頭的水杯遞過去。林律人怕他耍花招，遲遲不敢接過。

林律行抬頭瞪向林律品，林大少爺才毫無誠意地說：「我不知道你這麼虛弱，幾句話就昏過去，抱歉。」

「沒關係，我想睡一下，你們不用顧著我。」

「律人，你母親也是我的阿姨啊，你再怎麼說也是我們的小弟。」

「對呀，你下半輩子還要輔佐我，把身子養好點。」林律品跟著林律行熱絡拍拍小表弟肩膀。

林律行最後還是決定帶走禍害投胎的林律品，省得害林律人吐出血來。

等他們走後，林律人從檀木床頭櫃翻出一罐零錢和銀幣，端在手心，回想作夢的感覺，想要離現實遠遠的。

他生來早慧，很多事都記得一清二楚，包括那些對他們母子的閒言閒語，難過之餘，也只能裝作什麼都不知道。

在他印象中，延世相是個笑容沒有溫度的英俊男人。那時他完全不理會未來繼父的示好，見到對方總是不自主發抖，把男人當作故事中的惡龍。

母親和這男人結婚的話，他就成了外姓，必須搬出去。不管是大伯、舅舅們和哥哥，往後都只能客氣稱呼爲「先生」。

他不願意離開林家，這裡才是他想待著的地方。

那男人抱著他一會兒，察覺他抗拒的情感，便把他放下來，睜著一黑一藍的漂亮眸子，帶笑望著他。

「你不懂你媽爲什麼要『下嫁』給我這個雜碎嗎？在這裡，你最多踩著兄弟當上那什麼鬼家主，不過是山猴子大王。但你要是我的孩子，前程未可知，她就是看上我這點好。」

「我只想跟舅舅哥哥一起，不想像你一樣，永遠被當作外人……」

男人沒有生氣，只是自嘲一笑。

後來，林律人想過，延世相願意娶一個被判定精神異常、有個父不詳孩子的女子，或許也是想要林家認同他的存在。

就在婚禮前一天，他夜不成眠，依稀聽見婚紗曳地的輕音，母親攬著雪白禮服，柔笑著坐在他床邊，像幼時那般，爲他講了一夜的故事。

母親總說自己是小公主，言行幼稚可笑，那一晚卻無比清明，溫柔撫摸著因婚事而被冷落許久的他。

——寶貝，你知道嗎？童話故事的公主呀，總是沒有母親，因爲無能的父母只會絆住孩子的幸福。

——林家覺得欠了我，他們不會虧待你的。

——噓，你就當作自己沒有母親，好好活下去。

他不願去想母親，揣度她是不是裝瘋賣傻來換給他一個安身立命的位子，因爲她已經死了，一切都無所謂了。

林律人萎靡不振地坐在音樂教室，無力拉琴。今天林家上下都對他格外小心翼翼，昨天那一暈的確是闖禍了。

而吳以文拎著熱好的便當過來，自動坐在他對面，提筷開動。

不准吃，快來關心我！林律人在心中吶喊不已。

吳以文挾起的飯菜卻往林律人嘴邊送，林律人煎熬地張開口，讓對方餵食著，理想中的王子級待遇。

「我先聲明，我不是手受傷。」

「我知道，多吃一點才會長肉。」

林律人眉心一動，多日相處下來，不只他，對方也跟著柔化許多。雖然顏面神經壞死，卻比一般男孩子體貼。

「沒用的，我是不會發胖的體質。」

吳以文頓下動作，橄欖圓眼珠大睜著，似乎受到不小打擊。

林律人蹙起細眉，這什麼態度？把他當寵物養嗎？

飯後，吳以文拿出貓咪繪本分享，恰巧林律人也喜歡童話故事，向他說了靴子貓的創作背景。

「我家裡收藏各種版本的故事書，因爲我母親熱愛西方童話，你喜歡的話，我可以抽空帶幾本給你看看。」

「喜歡。」

林律人聽得害羞兩下，明知這又不是告白。

「律人的媽媽會說故事給律人聽？」

林律人怔了下，才裝作不在意地回答：「家母過世了。」

「我也沒有媽媽，你不要難過。」

林律人瞪著吳以文，這種話根本不叫安慰，反倒讓他胸口生起一股難喻的酸澀。

吳以文像上次那樣輕拍他的頭髮，林律人被逼出一聲嗚咽。

「律人，打起精神。」

六、師父大人

楊中和在放學鐘響後，叫住正要鳥獸散的同學們，發下家長聯絡單。

「回去請父母看過簽名，明天早自習結束前交給我。」

吳以文呆望著桌上傳來的單子，似乎陷入天人交戰的局面，楊中和過去敲他書桌，見他不應聲也不計較。

「聽說你沒和家裡人住一起，給照顧你的長輩簽章也可以。」

吳以文仰頭問道：「老闆也可以？」

楊中和點點頭，吳以文鬆了好大一口氣。

今天回店裡，奇蹟似地，店長在櫃台蹺腳看報。

「老闆，回來了。」

「哦。」

連海聲見吳以文莫名躁動，在自己前面晃來晃去，問他有什麼蠢事？吳以文攤開摺得整齊的家長聯絡單。

「老闆，簽名。」

「這種東西不會自己寫嗎？」像他高中時代就是如此，偶爾林和家那個雞婆人會拿三份單子給老家主批示，向師長彰顯一下他們頭頂還是有人管教。

連海聲低眉看過學校規章，沒再多說什麼，提筆沾了沾墨水，吳以文幾乎要轉起圈圈。

銅鈴清響，連海聲抬頭看了眼煞氣騰騰的來客，轉手把聯絡單遞出去。

「吳韜光，來得正好，處理你的家務事。」

吳警官摘下警帽，那身燙得平整的警制襯衫讓他高大的身形看起來更加挺拔。

吳以文在吳警官伸手前，急忙抽回單子，再次捧到連海聲面前。

「老闆，簽名。」

「你正牌『爸爸』來了，給他簽啊！」

「誰是他爸爸？是你沒頭沒腦叫我過來。」吳韜光憤聲應道，轉頭打量整個人僵直的小服務生。「什麼時候搬來這裡？還是我會調職都是你在搞鬼？」

連海聲朝吳警官魅惑一笑，搧了搧長睫：「我是擔心你在刑警隊太危險，多替你守活寡的老婆著想啊！」

吳韜光沒受美色所誘，沒好氣回道：「可是我根本不想見到你，你爲什麼不死得乾脆一點？」

這時虎斑貓從後頭悠哉走來，立刻察覺不對勁。吳以文抓著一張紙不放，身子都快縮成一團球。

「你知道你把這小子突然扔來我家，差點害我和妻子離婚嗎？」

「你不說，我還忘了有這筆帳沒算。」連海聲笑意冰冷起來，「看看你們夫妻倆怎麼照顧的？還說是模範夫妻？眞是金玉其外。」

吳警官兩手重重往櫃台拍下，桌上的墨水從瓶口濺出。

「我有說過我要孩子嗎，而且是一個精神有病又弱智的小孩！我那一年在他身上花了多少錢？我妻子為了照顧他都不能出遠門，就是個大麻煩，看了就礙眼！」

虎斑貓衝上去撓吳警官兩爪，雖然動作敏捷，可吳韜光不是省油的燈，一出手就勒住大貓頸部。

「師父不要！文文是老貓！」吳以文清醒過來，著急地從吳韜光手上搶救出快要喘不過氣的貓。

「你還知道叫我師父！看我來這裡這麼久，一杯茶也沒有！你規矩都丟到哪裡去了！只會跟我耍性子！」吳韜光過去用盡心力教導這孩子，希望心智障礙的他能有一技之長得以生活，得到的回報卻是如此。

吳以文低頭抱著貓，抵死不理會吳警官的訓斥，不像他平時勤快侍奉店長的樣子，簡直快要發病，連海聲看得直皺眉。

吳韜光伸手去抓吳以文，小店員掙扎跑開，這次逃沒半圈就被活逮住。吳警官正打算像過去那樣，好好教育這小子做人的道理，吳以文卻在他手下抖得不像樣，怎樣也壓不住心底源源冒出的恐懼。

連海聲再也看不下去，才站起身，吳韜光就拎著店員過來。

「你就是因爲他有問題，才要我把他接回去？」

「什麼有問題？你才有病！」連海聲電話中是要求吳韜光把好轉許多的男孩領回家養，而不是叫他來欺負那個笨蛋。

接回去？吳以文怔怔望著店長，眼前場景和五年前混在一塊。厭煩了，不要養他了，要把他交給別的人家，告訴他以後會有一個美滿的家。

過去的他哭著不放手，還以爲自己是該被憐惜的幼子，如今他已經學到教訓。他抱緊貓，咧開唇齒，努力向連海聲擠出比哭還難看的笑容。

「會笑了，很好啊！」吳韜光慶幸說道，連海聲看他就像看個白痴，竟然能完全無感旁人情緒。「記得你以前去夜市常常坐在我肩膀笑得開心，還說最喜歡師父了。」

吳以文鬆開手，貓從他懷裡輕足落下，那張掛著古怪表情的臉龐失去所有血色。

回憶總是美好，師父帶著小徒弟夜市出遊，他被抱在肩頭，和別的小孩一樣，得了滿手好吃的東西，睡著也不用怕摔下。在他眼中，師父比別人家的父親還要高大，沒有壞蛋打得贏師父，師父最厲害了。

回憶總是殘酷，這個男人，他在世上最崇拜的英雄，親手把他從肩頭摔下，頭也不回地丟下了他。

——我們有孩子了，請你離開這個家。

沒有父母會拋棄孩子，從家裡扔掉的只會是垃圾。

「以文。」

吳以文扭過脖子，以詭異的姿勢看向連海聲擔憂的神情。

沒關係，就算是瑕疵品，也會被人一時興起撿回去，可以厚臉皮活下去。沒關係，可以活下去……

吳韜光拉過吳以文，逼迫他空洞的眼神轉向自己。

「你到底要不要跟我回家！不要就拉倒！」

吳以文歇斯底里掙開男人孔武有力的手臂，失控地號叫著。

「師父不要就不要，老闆給我取名字，老闆說會養我！」

「你說什麼？不要以為我多稀罕你，你走不走！」

吳以文死命搖頭，彷彿那個家就是地獄。

「忘恩負義，誰養到你誰倒楣！」

這次重逢和吳韜光預想的完全不同，吳以文看來根本不想見到他。他氣得扭頭就走，銅鈴再次因他粗暴的動作大響不止。

吳以文凝視男人遠去的背影，身子抽搐一陣，就動也不動了。

「以文。」

吳以文聞聲望去，知道自己踰矩了，擅自抬出店長的名義。

「老闆，我會做很多事，什麼事都會做。」吳以文僵硬的字詞洩露出小心翼翼的討好。

虎斑貓望向店長，只要給他一句話，告訴他就算飯煮不好也沒關係，就算笨手笨腳也會把他留下來，一切就沒事了。那孩子不貪心，只要一點點關愛就能開心整天。

連海聲卻冷淡表示：「我說過，你再發病，就把你送回華杏林那裡。」

貓抬首看著男孩，好不容易在男孩眸子養出那一點神采就這麼消失了。

一早，連海聲發現店員又在跟貓打鬧，枉費他昨晚花了一點時間擔心那個笨蛋。

吳以文拿出聯絡單和墨水盤放到尊貴的虎斑貓大人面前，請牠老人家簽名。

「喵喵。」貓不耐煩地說：要是你這笨蛋敢拿蓋著貓爪印的單子到學校，一定會淪爲班上的笑柄。

「被笑就被笑！」小店員很堅持，就是不想要簽名欄空白。

「這是在做什麼？」連海聲走出內室，吳以文騰地起身。

店寵拍拍店員鞋跟，又指向店長。難得連大美人一副很閒的樣子，就再試試吧？

吳以文卻像沒察覺到牠的暗示，立刻把單子收進口袋。

「老闆早安，請用早餐。老闆再見。」

店員今早跑得特別快，以往總是死拖活拖，想多留在店裡等著店長來理他。

走了算了，連海聲一屁股坐上櫃台，環視亮晶晶的櫥櫃，怎麼覺得不太一樣？

貓看著店員半夜爬起來掃除，活像古時被婆婆虐待的小媳婦，雖然他那個美如天仙的「惡婆婆」只是打哈欠揉眼油，絲毫沒感受到吳以文無聲的討好。

「昨天那個滿臉橫肉的公家流氓，是他的養父。」

貓光是聽店長的形容，就知道他敵視著相貌堂堂的男子，扼腕自己悲痛的遭遇。

「我們聯絡上的時候，他一直問個不停，哽著聲音說自己找他很久了，我還以爲當初那件事是我誤會了，吳韜光並沒有拋棄過他。」

對吳以文來說，寄養家庭那一年是他半壞掉腦袋的禁忌和夢魘，絕口不提；連海聲猜不出內情，他也不是那麼想知道自己究竟犯下什麼過錯。

「說到底，他只想要個現成苦力，回家照顧生病的妻子。」連海聲打探消息歸納出以上結論，他又不是要吳以文回去當免費看護，就像在這裡全心照料著他一樣，沒未來沒好處。

貓在店長腳邊，仰首仔細瞧著他，連海聲往下笑笑。

「我跟一隻貓說話做什麼？」

你很擔心他吧？其實你也知道自己傷到他了，為什麼不明示你對他的心疼？

電話鈴響，連海聲沒好氣地接起，話筒另一端響起來自南洋的熱情招呼。

「海聲，我一起床就好想念你的聲音，沒想到你也起得早，這就是人家說的心電感應吧！」

「和家，那你猜猜我在想些什麼？」

對方朗笑一陣，最喜歡這種打情罵俏的遊戲了！

「你在想我怎麼不去死吧？呵呵。」

「正確答案喔！」

「大美人，我怎麼捨得？要死也要死在你身上才行！」

林和家自以爲幽默，卻徹底惹怒連海聲。

「你這個變態老處男到底有什麼事！」

「我眞的很想知道你爲什麼會知道我和女人從來沒有過這檔事，不過呀，主要還是想請你動身來南洋；班機不飛，我會派私人飛機過去。你不在，我實在沒主意、沒辦法。」

連海聲抓緊話筒，遲遲沒有回覆。

「還是你那裡有事嗎？該不會跟小朋友吵架吧？養小孩會遇上許多問題，到老也煩惱不完。你不要太沮喪，我可以幫忙，請儘管麻煩我。」

要不是不能讓林和家發現他的祕密，連海聲早就把那小子扔過去。見他過去細心呵護著林家一屋老小，林和簷、林和堂年紀一把還追在他屁股後「家哥、阿家哥」叫個不停，也害這代林家小屁孩們顯出一股天眞的痴肥，與受外人稱頌卻爲父不仁的老家主形成強烈對比。

「我過去，你洗好脖子等著。」

「可愛的小朋友要不要一起？」

「想都不要想。」

結束通話，連海聲照慣例在使用過無數次的便條紙上留言，從房間拖出三天前整理好的行李，而一店之寵擋在門口不給走。

連海聲沒有生氣，只是低下身抓撓貓的後頸。

「我也知道自己是個混蛋，文文，就麻煩你陪著他。」

美人柔聲相託，虎斑貓只好低低應了聲。

因為家長聯絡單一事，吳同學中午又到教師辦公室報到。

「為什麼你會交出空白的單子？」

「貓不蓋爪印。」

十三班導師聽了握緊粉拳，嘴邊喃喃著「鐵飯碗、冷靜、鐵飯碗」，看來很想揍學生。

國文老師覺得今天小朋友特別沒精神，不怎麼願意跟人交流。

「貓是小哥哥，可是聯絡單是要給家長簽名喔！」

吳同學又擺出沉默是金那套，可以耗到午休結束。

洛子晏見辦公室沒什麼人，除了他，只剩一個柳眉倒豎的樓小今美人。他便提議，小今妹妹，不如妳先去吃飯吧！

「你這是要支開我嗎！」樓小今憤然起身，學生輔導淪爲花瓶的角色，讓她覺得顏面盡失。

洛子晏傷腦筋地說：「這妳不明白，怕妳說錯話。」

「我比他大多少歲？你說說，我怎麼不能爲他指引方向！」

「妳家庭美滿。」

樓小今恨恨瞪著相識已久的同事，前塵舊恨跟著冒出來。

「你都成年人了，爲什麼不能把那些爛帳拋開？在那邊自憐自艾，才怪我待人太過自滿！」

「是妳不容許我自卑！」

樓小今眼眶紅了半圈，抬腳用力踹了鄰座辦公椅，拎起皮包氣呼呼離開。

洛子晏回眸過來，對吳以文還是如常笑著。

「呼，眞像夫妻吵架呀，給你看笑話了。」

「對不起。」

「不不，別放在心上，你小今老師吃飽回來就忘了，她很不擅長記仇。」洛子晏拿過吳以文的聯絡單，拔開筆蓋，簽上細秀的姓名，然後疊在隔壁十三班收妥的單子上。「小文，下次再努力看看，有困難再來找老師。」

吳以文呆滯地看著國文老師，然後連點兩下頭。

「老師也是養子，我家的人對我……並不好。其他人看來很簡單的聯絡事項，我都得一個人煩惱整晚。」

師長來問，他總是嬉笑以對：「沒有啦，我家人都不管我～」扮演好眾人眼中的小丑形象。可他高中級任導師非常難纏，沒有因此放過他，放學都會脅迫他留校察看，交出一篇文學賞析才能走。

洛子晏後來才察覺那是老練教育工作者的手腕，連關心都不著痕跡，避開青春期學子纖細的神經。

多虧高中有導師拉著，他才得以繼續升學，在大學遇上另一位恩師。

他的恩師待學生十分嚴格，卻不曉得為什麼對他青眼有加，還以助教一職要求他從充滿異味的男子宿舍搬出來，到老師家中整理文籍。每當夜色不錯，老師就會吆喝道：「愛徒，來喝茶！」然後他就放下手邊的工作，一起到後院吟風詠月。兩人說到興處，隔壁的小今妹妹忍不住開窗大吼：「吵死了！」

——子晏，你看，是仙女啊！

——幸會，仙女妹妹。

——兩個神經病！

恩師和他笑了起來，捉弄得逞。

所以，不管日子再痛苦，只要咬牙往前走，總會得到幸福。

洛子晏等了許久，吳以文才以極簡潔話語向他吐露古董店的事，大致說明店長想把他扔回給師父，他很沮喪。

「師父不知道，師母恨我。」

吳以文說出那麼強烈的字眼，而且還是被施加的對象，洛子晏聽得略略心驚。

「我不敢再要父母，反正文文也沒有。」

「所以，曾經很想要吧？」洛子晏深深吸了口氣，把樓小今趕走是對的，省得她嫌自己又像個娘兒們掉淚。

「老師，我不知道該怎麼辦。」

洛子晏抬頭迎向無助的學生，微笑鼓勵著，即使他難掩悲傷。

「我不想離開，到死之前，希望有一天，老闆也能喜歡我。」

洛子晏才知道，原來自己也受到表情和平板聲音誤導，當吳以文真正開口後，他才明白深藏在那雙寂靜眸子底下，澎湃而洶湧的情感。

「夜老大，你談戀愛喔？」

左右手下各伸出一隻手拍打童明夜的俊臉，被他折手骨報復。

忠仔對他叨叨唸唸：「唉，像我們這種出來闖蕩江湖的兄弟，最好是那種賢淑持家的女人，而且不能太過柔弱。」

童明夜輕嘆一聲，那人幾乎符合，煮飯很好吃還會幫他掏耳朵，打起架來不落下風，只可惜他還未成年……不不，可惜他不是女的！

「夜，你叫我們把國中運動服穿來想幹什麼？屁股很緊啊！」

因爲大伙兒平均起來人高馬大，國中時代的舊衣服穿在身上就像小內衣，左右兩個略有小聰明的手下看得直搖頭，認爲這樣更增加被抓去感化院的風險。

他們在活動中心附設的室外運動場，望著一群又一群同年的高中生揮灑青春和汗水，不少是今年剛入學的新生，印著各校校徽的體育服看起來好新、好刺眼。

「不然我們去偷幾件來穿。」

「不准偷，誰敢扒竊我就折斷誰的手！」童明夜從憂鬱小生氛圍中霸氣插入手下們的話題。

「夜，幫主到底要你幹什麼？」

「你們別管，先躲過這陣子風頭再說。」童明夜從老家拿出灌飽風的籃球，拋開披在肩頭的外套，躍進場中。「二中的，要不要跟我們打一場？」

「老大，你該不會眞的要打籃球吧！」

穿著市立二中西裝褲的少年們回頭看，不難發現童明夜帶隊的組成分子有古怪，儀容參差不齊，頭髮幾乎不是黑色，感覺就不是在校的讀書人。

二中領頭的少年戴著書呆子氣的方框眼鏡和口罩，鏡片下英氣的大眼迎向童明夜挑釁的目光。

「哪裡的？」二中少年沙啞問了句，聲音很低。

「一等中！」童明夜逞強撒了大謊。

「夜！」

「既然是一中的男人，那就是我們的宿敵了！」二中的少年用力指向童明夜的鼻子，被同伴們抓回來。

「一看就知道是假的，拜託你不要這麼容易被騙。」

「我可是隊長，你們這些平民給我安靜！」

大伙心想：嗯，二中的領隊似乎腦筋不好。

二中的學生討論一陣，他們隊長依然堅持己見。

「可是他看起來很強，我想跟他打一場。站在球場上，比的是球技又不是身分！」

「對，我很強喔！」童明夜咧嘴附和一句。

「很好！」二中領隊脫下口罩和眼鏡，露出不遜於對方的帥氣臉龐。「三對三，輸家請對方所有人三仙公主的奶茶！」

「追加雞排。」童明夜露出大魚上勾的俊美笑容，左手一揮，忠仔和瘦猴並肩站到他後方。

二中隊長也跟著揮揮手，叫出苦笑的隊友。

一場從市立活動中心開放以來，最精采火熱的比賽就此展開。

賽後，二中隊長含恨打電話叫雞排和奶茶，還問老闆能不能刷卡。

「我們可是今年全市中學籃球隊代表，你們眞不簡單。」

「沒有啦！」小混混隊被誇得有點不好意思。「不過我們老大眞的很厲害，他要是想的話也考得上一等中，只是不屑去唸！」

「哦哦，我們二中成績已經快掉到兩個人加起來才有一個女中，像正在打電話的那個笨蛋王子，還是增額才進得來。不過校長一定很後悔當初多收人的決定，才開學半個月，我們班已經變成師長的眼中釘，完全地不學無術。」

聽二中學生侃侃說起學校的事，即使對方沒有另眼相待，他們這群失學的流氓地痞總覺得聽著有些不自在。大家都有學校唸，他們卻沒有地方可去。

「雞排來了！」

「不要亂想，先吃再說。」童明夜吩咐下去，大伙立刻打起精神去搶食。

二中領隊拎著奶茶來找最後蓋了自己火鍋的童明夜乾杯，還說要不是現在是民主社會，他一定會把童明夜納入麾下，只可惜世間越來越沒有讓文職以外才人出頭的機會。

「有啊，像我現在幹的這一行。」

「可是我們導哥說，那裡也不再講情義了。像我這種既得利益者，不可能明白社會底層的悲哀。弱者無力，強者無情，還有誰幫得了你們？」二中領隊漂亮的雙眼憐憫地望了過來。

「小朋友，上你的學啦！」童明夜反叩對方的杯蓋。

周圍響起女子群眾的尖叫，埋頭炸物的少年們莫名所以地抬起頭。二中領隊隨即站起身，眼鏡口罩重新戴好，打電話緊急呼叫經紀人伯伯。

「林洛平，我愛你——！」

一群女性同胞擁入球場，聽說有個長得像歌神小天王的美少年在這裡打球，果真被她們成功堵到。

「原來你是那個小歌神啊！」童明夜遞出毛巾和計分用的麥克筆，「林洛平大大，給簽名嗎？」

「真是，太紅就是麻煩，大家都喜歡我！」小天王飛快在毛巾上落款，然後把毛巾和筆抛回童明夜手中，拔腿逃亡。

「活下來啊，洛平大大！」二中同學目送笨蛋王子與粉絲們展開愛的大逃殺。

「去你媽的！」小天王一邊跑，一邊回頭向損友們比出中指。

「不要罵髒話吶，被狗仔拍到就不好了。」

等混亂平息，童明夜靠在欄邊發呆，看手下們追著一顆球玩得憨相畢露，深深地吐口長息。這樣半吊子地混著，不是長久之計，但他眞不想帶著自己兄弟走向深淵。

「你好，小帥哥。」

童明夜抬眸看朝下欠身的高禮帽中年大叔，要是他心情再差一點，可能會直接打下去，爲社會消滅一個精神病患。

「誠摯邀請你們加入我的教育列車，我將帶領你們這些可愛的孩子駛向夢的大海。」

高禮帽大叔說得自我陶醉，可惜對方反應十分冷淡。

「夜老大，你就打他吧！」

童明夜拍膝起身，登時高過男人半顆頭，壓迫感十足。

「常有一些信教的慈善家想勸服我們，但是你們根本不明白脫離幫派會受到什麼懲處，只是想從我們身上搏得美名罷了！」童明夜微微動怒，對社會的怨懟無法克制地在心頭日益加深。他日前和警方爭辯起來，只得到一句「自甘墮落」。

好，他也不是廢物，等他成人，絕不會讓安居樂業並袖手旁觀的世人好過。

高禮帽男人只回：「你母親是位好老師。」

這句話一出來，童明夜用力勒住男人可笑的蝴蝶結領子。

「如果是其他勢力或許有些困難，但是你們所屬的慶中，依我可靠的內線消息，不久就會瓦解。就算有餘黨留下，我保證，你們在我的羽翼之下一定能安然無憂。」

「你到底是什麼人？」

「呵呵，我是老師喔！」高禮帽男人驕傲宣告他的身分，「最喜歡你們這種發育未完全的小朋友了，好想全部擁進我懷中！」

「夜，你還是打他吧！」

童明夜揮手，要手下們肅靜。

「你想做什麼？」

高禮帽男人見童明夜問起，興沖沖從懷中掏出簡章，上頭黑白分明的運動服款式和那個粗體的「一等中」字樣大大攫住童明夜目光。

「我的學校將開設體育班招生，中意你所帶領的軍團，竭誠邀請你們加入一等中學的行列。」男人向童明夜擺手一行禮。

吳以文放學回到店裡，見到店長留下的字條，立刻倒地不起。早知道就別那麼早去學校，多在店長身邊待幾分鐘也好。

瀕死的小店員被貓趕去備飯，餵飽寵物大爺後，繼續倒地不起。

「老闆……」

貓嗤了聲，沒用的東西，只有大美人不在的時候才敢哀哀叫。

如此這般，功課也不寫，店裡也不掃，吳以文只是躺在地板，抱著圓滾滾的虎斑貓虛度光陰。

快到就寢時間，銅鈴清響，一身市井痞氣的小流氓闖進古董店，持槍大喊他要吃宵夜！

吳以文從冰冷的地板爬起身，被童明夜撲上去抱個滿懷，撒嬌撒嬌。

「明夜想吃什麼？」店員感覺得到野貓老大特別興奮。

「不知道，雞排吃太多，嘴裡好油。」

於是吳以文身上拖著一個大男孩關上店門，又把人帶到內室，倒了一杯檸檬水給對方，打開抽油煙機，煮起遲來的晚飯。

童明夜去借個廁所，出來又熊抱著圍裙小店員不放，無視貓的敵意。

「阿文，今天有個怪叔叔跑來招生喔，說是一等中校長。」

「嗯。」吳以文應道。校長總會在隨堂測驗走來摸他的頭髮和肩膀。明明國文老師也會笑咪咪捏他的臉，但就是不一樣。

「所以我想跟你借國三課本複習，拜託了！」

吳以文想了下，七月的時候，店長帶他到書局掃了整面國中參考書，叫他回去看看，以後會用上，埋下後來被扔進高中的伏筆。他利用燉湯的空檔去倉庫把塵封的書籍整理出來，童明夜滿心歡喜收下。

「阿文，你真是我的恩人！」

「明夜，你也是一隻好貓。來，吃胖點。」

童明夜坐在高級沙發上，感動地捧著熱騰騰的白米飯，大口享用鮮美的清蒸魚肉。

「你老闆不在啊？」其實童明夜進門就察覺到了，才敢入內叨擾。

吳以文點頭。

「阿文，等我進去你學校，誰敢欺負你，你就來找我。保護費就是做飯給我吃，我眞的很喜歡你……的飯菜！」呼，差一點就說出眞心話。

吳以文小口嚼著米飯，點點頭。

「我這兩年在幫裡有很努力不要同流合污，所以老天爺都在看，才會給我重新做人的機會。」童明夜含著淚光說道，希望能得到一絲認可。

「明夜很好、很乖。」

「嘿嘿！」童明夜一低下頭，吳以文就摸摸他腦袋，默契十足。

貓望向南方，心底抱怨店長兩聲，看看大美人一不在，外面的傢伙就跑來侵門踏戶。笨蛋店員被關在籠子裡太久，如果就這樣不聞不問把他放生到花花世界，不出事才有鬼。

一早，外頭天空黑雲滿布，吳以文又窩在櫃台邊耍自閉，不想上學。

貓催促不止，不要以爲店長不在就沒人管，本大爺正等著找笨蛋試爪子！

「胖貓，我和他們不一樣，會被發現……」

貓嘆口氣，難得溫和勸了一會兒，跟男孩說：不是還有班長貓、小提琴貓，還有溫柔的國文老師？學校沒那麼可怕。

吳以文這才抬起頭，雖然他和同伴沒有口頭約定，但沒事跑掉就是不講義氣，算不上好貓。

「喵喵。」貓曰：笨蛋，快去吧！

吳以文鼓起勇氣走向大門，卻又折回來，把虎斑貓抱在腿上，臉埋在牠頭邊磨蹭。

「文文，等我回來。」

「喵。」哼哼，小孩子。

吳以文一到學校就被叫去校長室，校長似乎很清楚他的行蹤。辦公室還站著一排高年級學長，帶著怒意向吳以文瞪來。

「我早上看見他們對你大呼小叫。」校長起身站到吳以文身邊，又指向罰站的學長們。「你們身爲學長怎麼可以欺負新生？」

「我們是風紀幹部，他不守規矩當然要指正！」

「還敢頂嘴，通通記警告一支，明天交悔過書來！」校長厲聲斥責二年級的學生，又溫言向吳以文哄道：「有我在，不要怕。」

吳以文回教室自習，不知道爲什麼，他得罪學長的消息班上都知道了，一進門全班熱烈討論聲頓時安靜下來，轉而交頭接耳，悄悄議論著。

「吳以文，你怎麼會被推到風頭上？」班長從後頭探問。

吳以文沒應聲，他也不知道。

今天數學課變國文課，國文老師告知十三班他們美麗的導師臨時出差，就由他兼小差，來來，隨堂考試！

見到熟人，吳以文一早緊繃的神經便放鬆下來，在卷子上睡得不醒人事。

「小文，你這樣不行啦！」國文老師搖著吳同學肩膀，老師親暱的表現稍微化解十三班對吳同學的怪異目光。

下堂課自習，晝寢的吳同學順理成章被國文老師領走。國文老師循循善誘，才稍微撬開吳以文比蚌殼還緊的嘴巴，得知校長對他的特別照顧。

「小文，就算遲到也不能硬闖，撞傷人就不好了。」

吳以文點點頭。

「人家叫你要理人喔，不能當沒聽見。」

吳以文頓了下，再次點頭。

「你先避開學長他們，老師會去跟他們談。」

吳以文搖頭，洛子晏問他爲什麼。

「不知道，不是好事。」

「你在擔心老師嗎？」洛子晏抬頭微笑，吳以文垂得老低的眼總算對上他的視線。

「老師和你一樣是新人，新人總是雞婆，爲喜歡的學生排難解憂是正常現象。」

「老闆說，新人沒有立足的地位。」

這孩子待人生澀，卻有接近成人的思維，身上有許多自學成長的跡象，換句話說，吳同學身邊沒有大人把他當作孩子教導，洛子晏看得心酸。

「我知道，我不是不怕麻煩，只是老師不替你撐腰，就沒有人了。」

「爲什麼？很奇怪。」

文人格外敏感纖細，三兩句話察覺連男孩自己也沒察覺的心思。

洛子晏憐惜說道：「不奇怪喔，小文，老師告訴你，像你這樣呆呆的小孩子受人疼惜，是很正常的事。」

林律人也耳聞一些風聲，所以當吳以文中午來聽琴，他花了點時間確認對方身上沒有瘀青和傷口。

「是同學在講，我經過聽見，才不是特地去打探你的消息。」吳以文低頭用飯，模樣十足卑微，林律人看得胸口一熱。

「如果他們找你麻煩，我……」林律人閉起嘴。他在國外就是因爲交際慘澹才被遣送回來，如果一入學就惹出風波，林家不知道會怎麼看他，會不會在背後笑他與他母親一個樣？

「老闆說，在學校不可以打人。」吳以文非常煩惱，暴力明明是解決事情最好的方法——出自他的師父大人。「可是犯滿七大過就可以退學，划算。」

「是三大過。」林律人悶悶地指正，「你要是沒來學校，我會無聊。」

「放學，可以一起看貓。」

林律人壓抑內心的波濤洶湧：這難道是傳說中的約會嗎！

「花花和虎爺是我家胖貓介紹的伙伴，你一定會喜歡牠們。」提到貓，吳同學口條突然流暢起來。

林律人本來要順著答應，卻不敵內心湧出那股嫉世的怨毒。就像當時他從新聞得知禮堂大火，還不知人員傷亡，林律品就在一旁笑說：「小阿姨死了。」

這世道，不允許天真。

「你別在人前這麼說話，只會讓人不舒服。」

吳以文如預期般沉默下來，林律人恨不得咬掉舌頭。他短短十五年人生，總是不停在後悔。

「知道，只在你面前說。」

林律人兩手攢緊格子褲。就算自己沒那麼好，也沒有關係嗎？萍水相逢的兩人真的能相知相惜？

「我這個月換司機，比較不方便……等成叔康復，再一起看貓。」林律人吞吞吐吐，說得雙頰緋紅。

吳同學神色不變，只是瞇起貓似的眼睛。

放學時分，教務主任親自來到教師辦公室替校長傳話，似乎是對新人教師的教學方式有些意見。

洛子晏嘆口長息，向主任答謝後起身前往校長室，其他老師都警告過他別管事，這也是他自找的。

洛子晏敲門後入內，每天穿著不同款高級西裝的男人正翻閱一份用迴紋針草草裝訂的報告。

「校長，敢問你對吳以文同學有何意圖？」洛子晏開門見山問道。

「你是什麼意思？」

「我認爲你在害他樹敵。」

申校長勃然大怒，正色指責洛子晏才是不分是非的那方。如果換作其他新出茅廬的新人，或許會被對方長年從事教職、那份教訓後生的幹練氣勢震懾住，轉而反思自己是不是太小題大作；但洛子晏不是，他從小就沒有父母庇護，切身明白這世上有壞人。

「請放過他，因爲我正在看著，絕不會等閒視之。」

校長板著肅容，聽了他的警告，突然噗哧笑了，可洛子晏不覺得自己在說笑。

「洛老師，你以爲你是誰？不過巴著指導教授關說得到這份教職，你知道有多少人等著來一等中任教嗎？」

「校長，你在威脅我嗎？」

「沒有的事，只是我今天收到你教授收回推薦函的要求，讓我不得不重新考慮你的任教資格。你一當上老師就和他撇清關係，他以爲你在他身旁學習就爲了謀職，似乎非常氣憤。」

洛子晏安靜好一會兒，泰山崩於前也不過如此，那些血濃於水的子女在教授耳邊日夜說上幾句，信任瓦解也是遲早的事。說到底，他在莊教授眼中，也只是一個比較中意的學生罷了。

「還有，我替你聯絡上過去的家人，他們也有急事找洛老師。算算也差不多時候該打電話來了。」

電話鈴聲如期響起，洛子晏顫抖著接過校長遞來的話筒，是那個家的大姊，哭哭啼啼說母親病倒了，整個人癱在床上，兄弟們都撒手不管，她照顧得好辛苦，要他辭掉工作回家看護。

大姊即便哭著，也不改過去命令的口吻：「天下無不是的父母，她也是你媽，你要報答她的養育之恩。」

他的養母會叫餐桌上的孩子多吃點，省得有剩飯還得多分給他，養父勸個兩句，也不再說了。他曾問過她爲什麼要領養他，養母說，這樣自己的孩子才會知道感恩。

「不孝，何以爲人師？」校長貌似聖人感慨著。

「你眞可怕。」洛子晏咬著蒼白的脣說道。

吳以文一早被叫來辦公室，不見溫煦的國文老師，只有紅著眼眶的數學老師等著他。

「他留給你一封信。」明知不是學生的錯，但樓小今很難不遷怒到吳以文身上，這男孩怎麼可以一無所知他的犧牲？

吳以文沒有接過，只是無聲盯著那個人去樓空的座位。昨天還承諾會護著他，今日就消失不見。

「他什麼都不敢說，被那個家的人惡毒地趕出來也不敢跟老師訴苦，和他外表一樣懦弱！唯獨你，爲了你不肯裝聾作啞！」

樓小今半夜被那個娘娘腔叫出來，說的全是吳同學的事，好像他在這座城市只有這樁留戀的心願，其他的都可以狠心拋下。

吳以文聽了仍然無動於衷，樓小今高抬起右手，止於那張清秀的面容半寸，又握住五指收手回來。

「不值得。」她冷冷地對這個學生作下評判。

吳同學又被廣播叫去校長室，路上不巧碰上風紀幹部的學長們，擦身而過時，被撞了一肘子。

「學弟，給我們記著。」

他來到校長室，校長關心備至。臨走前，吳以文破格說了聲「謝謝」，校長大喜過望，沒注意男孩緊攢的拳頭。

古董店又度過了一個沒有店長的夜晚，吳以文在房間小書桌前挑燈坐立，作業都扔在一邊，貓在他腳邊打盹。

「文文，累了去睡。」吳以文一副店長的假派頭。

貓也想，只是今天店員放學回來有種說不出的古怪，偏偏半句吐苦水的白痴話都沒有，牠必須看緊點，從連海聲不時的抱怨得知，這笨蛋闖禍的功力絕不輸給正常的十五歲少年。

「文文，學校裡眞的不能打架？」

廢話，那些養尊處優的現代文弱學子，怎麼會是吳店員的對手？

貓說，惹事的話，大美人會不高興，店員只得認命下來。

「原來被拋下還是會難過，要加油。」

虎斑貓仰頭看著執筆寫信的男孩，似乎正努力反省錯誤的心態。

前陣子還以爲有點進步，現在又倒車回原點，讓貓更加懷疑出世是否眞能對吳以文有所助益，還是跌落深淵？

七、異端

連海聲從案桌迷濛醒來，有張燒壞半邊的醜臉正對著他，他沒多想，直接一拳卯過去。

「林和家，七月過了，你出來嚇人做什麼？」連海聲蹙著眉，不時晃動他吃痛的玉手。

「太過分啦，我只是想給你一記早安吻！」

「可見我打得並不冤。」

林和家捂著臉回來，認眞端詳著大美人。連海聲臉色並不好，就算發怒也有氣無力，林和家把擱置一旁的外套披上去。

「海聲，不要太勉強，你是個有家室的人。」

「我不做，誰做得來？你嗎？廢物。」

「不知道爲什麼，每次你罵我，我的心就興奮地跳動起來。」

「去死吧變態。」

「海聲，來來，吃頓豐盛的早飯吧！雖然不及你家小朋友的心意，但我已經囑咐廚師盡量滿足你的口味。」林和家把連海聲從辦公桌親暱地拉起身，就算被甩開三次也不氣餒，成功勸動大美人遠離工作。

連海聲意興闌珊，無視廊道專討他歡心的東西方混搭擺設，到餐廳的路上都是林和家單方面熱絡地說話。

「你都沒回房裡睡，是睡不慣嗎？認床這點，你也很像我的好友。」說起那人，林和家話匣子就停不下來，所以連海聲第一句就叫他閉嘴。

「我不喜歡南洋的空氣。」

「那你還叫我到這裡發展？」

「喜歡是一回事，潛力是一回事，你老家已經日暮西山。」

「不，大哥那代的確如此，可是阿相來了，改變了軌跡。他重啓與西方世界談判的窗口，至少給了歷史五十年緩衝期，能人做事就是不與一般。但社會大眾只在乎他爛泥般的婚姻和拿不出證據的貪污案，不知道他爲國家貢獻多少。」

「他連國籍都沒有，最好會去維護盲目的國家主義。」連海聲看林和家崇拜的神情，沒好氣地回道，「照你說來，你的好友是那麼耀眼的明星，你敢說你沒有過要他早死的念頭？」

「他拋棄雯雯那時候，我眞想掐死他。」

連海聲別過眼，他才沒有拋棄過她，只是不想給她承諾，也不想要孩子。

「阿相娶和亭，我賭氣沒去，眞可惜，去了就能一起死了。」林和家由衷露出笑容，配上他燒傷的臉孔，顯得有些駭人。「或許我眞的是外家子，小亭死了只想到律人沒了母親該怎麼辦，沒辦法爲她悲傷，世相和雯雯已經分光我所有眼淚。海聲，他們死了，我至今還是接受不了陪伴我大半生的摯友就這麼走了，林和家這個苦命的孤雛又失去了他的家人……」

明知每次諷刺對方和延世相的情誼，他就會哭著崩潰一次，但連海聲就是收不住嘴。

不過當連海聲悶著頭來到珍珠貝鑲嵌成的餐桌，林和家又活了過來，趕著給連大美人拉椅子，介紹他這些日子尋來的美食。

「海聲，心虛卻不肯道歉這點，你們也好像喔！別人說阿相沒有感情，其實他對人際相當敏感而纖細，很清楚話語劃出的傷口。」

「吃你的飯！」

林和家親手執刀抹奶油，第一塊給連美人，第二塊也給連美人，樂在其中獻殷勤，連海聲沒受他熱情感動，只感到一陣惡寒。

「阿家，這樣下去不行，你快去給我結婚！」以前學生時代就會有事沒事向他單膝下跪，現在更是變本加厲，連海聲歸究病因都是缺乏女人的緣故。

林和家對那個隨口的稱呼怔了怔，然後哈哈帶過。

「我跟大哥說，我們林家所嫁所娶都是心愛的人，我這輩子不可能了。」

林和家擅長把憾恨藏在輕鬆的話語裡，既能把心裡話說出口，又不會給人太沉重的負荷，只是容易不被人當一回事。

連海聲伸出手：「眞受不了，電話拿來，我幫你召妓。老處男就是會想太多，強烈希望你今後不要再來騷擾我。」

「我哪有騷擾你？」林和家大呼冤枉，那全是純潔的愛啊！「唉唉，我實在沒法抱著陌生女子睡覺，再漂亮也都是外人。大哥新娶大嫂那兩年，我在家裡總是睡不好，好不容易習慣她的存在，她卻從頂樓跳下來，然後潔癖就更嚴重了。」

「你是擔心她肚子裡的種搶走你繼承人的地位。」

「海聲，你眞的很了解林家的家務事，我說什麼你都能明白。」林和家低眸給連美人挑魚刺。「不是的，律因出生，我還開心地拿鞭炮來放，被大哥追著打。因爲大嫂是外人，她隨時都想要離開。」

連海聲啜了口咖啡，不意外話題又繞回那人身上。

「阿相不是，他對和亭下聘，應該是想要與她過一生，把律人納作自己孩子。雯雯明白這點，才會遠走。」

五年過了，連海聲卻總聽著這男人聊著五年前的往事，心還是深陷在那場大火中。華杏林說，要是時間證實林和家眞是無辜的被害者，那把他當作傀儡戲耍的連海聲就算變性以身相許都不夠。

「海聲，來來，吃魚。」

「我不要，你去死。」

「哦。」大美人似乎又不開心了。「你日夜趕工，是不是掛念你家小朋友？其實我只是想看看你，你隨時都可以回去。」

「把我當玩物呼來喚去，你很得意是吧？」

「不是不是，只是我一入境，大哥一定會把我綁回林家，只能委屈您金貴的身子飛來南洋。」林和家細心攪拌著一盆馬鈴薯泥，「小朋友才剛入學，要多多關照，怕會受了委屈。」

「男孩子，哪那麼脆弱！」說到小店員，連海聲用力哼了聲。果然很在意啊！

「不然，帶來給我養吧！不是我自誇，不論是底下兩個表弟、律因、律行還有小律人，我都帶過一把。你看律品從小被送到國外，三嫂就不時哭訴兒子長歪了。在我身旁，雖不保證大富大貴，但長大一定品行端正，而且不管他遇上什麼難題，都有個可靠的叔叔可以諮詢。」

本以為連海聲會反對到底，他卻說，再過一陣子吧，讓林和家不禁期待起小朋友會有多可愛。

吳以文來到班上，他的座椅被翻倒在地，椅子斷了一腳，同學們一陣譁然。

照理說，吳同學應該震驚一下，感到被羞辱的憤慨，接著強忍委屈的淚水向師長告狀。他卻面無表情地放下書包，單手把桌椅搬回正位，坐在三支腳的椅子上，當作什麼也沒發生。

最後是十三班班長起身，跑去跟總務處的行政人員報備一聲，第二節下課才換回完好的新椅子。

班上還在揣測凶手，高年級學長就自動來十三班發話：「吳以文，我們不會讓你太好過。」

學長們走前，還意味深長地看了全數噤聲的學弟妹們一眼。

於是吳以文在十三班從半透明人變成透明人，沒人想跟他有任何接觸，以免引來不必要的仇恨。午飯時間，林律人問他怎麼比平時少話，全程只有一個「嗯」的聲音。

林律人低下頭表示：「我最近要處理一點家務事，抽不開身。」

吳以文點點頭。

「你至少叫我一聲名字。」

「律人。」

很乖，他的仙度瑞拉太乖了，但他要的絕不只如此！

「這段期間，你如果遇到什麼壞事，不要放在心上，過一段時間就會好起來。」林律人說得心虛，像他每次一出事就躲回林家，讓成叔哄著「我的小少爺」，一點用也沒有。

吳以文再次點頭。

「那麼，休息時間也快結束了……」林律人低頭收拾餐具。

「律人。」

林律人聞聲抬起臉，被輕攬至對方肩頭。

要知道林家是傳統世家，除了林律品那個沒節操的東西，從來不會摟摟抱抱什麼的，很少能碰觸到人身的溫暖。

「你在撒嬌嗎？跟我撒嬌嗎？」

因爲吳以文閉著眼，隔絕了唯一能判斷他情感的依據，林律人不知所措。

鐘聲響起，林律人緊張無比，只用力摟回去一下，便把吳同學推開。

「上課了，你快點回教室。」

吳以文把裝袋的餐具遞給林律人，對方拿了就跑。

林律人用手臂掩著發燙的臉，心想完了、完了、完了，早在相識的第一天就該把那枚十元硬幣扔回去，這下眞的完了。

吳同學經常被高年級學長叫出去，回來時，袖口有被刀片劃過的痕跡。十三班班長看得心驚，這次是衣服，下次不就是皮肉？

午休時間，人也只是在座位上發呆，不出去吃飯了。楊中和起身，走到前面位子，輕敲對方的桌面。

「你不餓嗎？」

吳以文不應聲。

楊中和檢視他的桌面，拿起一只橡皮擦，扔到桌下，再低身撿起，重重地放回他書桌上。

「現在，你該跟我說什麼？說『謝謝』啊！」

吳以文沉默看向動氣的班長，楊中和鼻頭上的眼鏡微微顫動。

「你在班上就像個外人！從來不想付出什麼！不要怪別人也無視你的困境！」

吳以文低下頭。如果可以，他也想要成爲一個善良、有正義感、有母親會在雨天徒步接送的高中生。

「就當我多管閒事！」楊中和氣憤地結束這次單方面的對話。

自此，兩人沒再交談過，而下個月座位更動後，個子不高又近視的班長被調到前排，沒法再依導師的交代隨時照應吳同學了。

校長兼下十三班的國文課。

校長習慣在台下遊走，每個人被迫低頭盯著課本，不敢造次。十三班班長曾稍微打探過，才知道他們美女導師壓力很大，有什麼風吹草動都會被叫去面聖，而且分擔她火氣的戰友已經不在了，英文老師問可不可以把她隔壁空出來的座位拿來放教具，立刻被她厲聲駁回。

校長照慣例停在吳以文身旁，拍拍他肩頭：「我永遠站在你這邊。」吳以文睜眼看了校長好一會兒，又垂下頭。校長滿意這個含羞的反應，優雅地走向下一排。

樓老師的位子又掛上「出差」的牌子，在代理人的位置上寫「洛娘娘」，表示她對學校黑箱解聘一名好老師的微弱抗議。

樓小今跟洛子晏就讀同所師範大學，洛才子大她一屆，在學校小有名氣，因為每次文學競賽他的名字總是在前三甲，而且老是一副文藝青年的死德性，白衣舊褲，穿得很寒酸，後來才知道他是眞的沒錢。

男人窮等於女人醜，這是在課堂上不能說的實話之一。

樓小今在大學除了認眞讀書爲以後的鐵飯碗鋪路，也十分積極參加各種聯誼，務必找到金龜婿託付終生。小時候，來自鄰居家勢利眼太太的羞辱，至今她仍記憶猶新，她家自詡書香門第的親戚不僅不爲她出聲，還搶著巴結逢迎，這就是社會。

勢利眼太太偏偏嫁了一個堅持富貴如浮雲的學者，兩人不合，孩子都追隨太太的腳步，一個個事業有成，在國外當外國人。只有鄰居伯伯獨自留下來，喜歡找她喝茶然後被她拒絕，非常寂寞。

洛子晏搬來第一天，他們正式打上照面，客客氣氣說了聲「妳好」。傳說中的才子也不怎麼樣，感覺就是個普通人。

鄰居莊伯伯來她家借醬油，暗地向她打探，不知道在積極什麼。

——小今，我們家子晏沒有女朋友。

——免談，沒得商量。

——所謂才子佳人……

——年收千萬以上再聯絡。

樓小今每次看洛子晏穿著那雙破鞋閒晃就難受，開玩笑，她生來世上是爲了享福而不是陪人吃苦。

莊伯伯垂頭喪氣回去。隔天樓小今出門上學，碰上比剛搬來時容光煥發的洛學長，他腳上恰好一雙新鞋，討好的意味太明顯。

「小今學妹，一起走吧？」他長得不出眾，笑容卻比同年男子溫柔許多。

她撥了撥頭髮跟上，今天話題換作嫌棄他的髮型。

莊伯伯雖然迂腐白痴，但年輕人也看了不少。他會主動來說，絕不是想亂槍打鳥湊對，八成看出自己學生有意鄰家妹妹。

樓小今也明說了，來她家門接送的都是名車，連小綿羊都沒有的男人，千萬不要想太多。

洛子晏聽了，就站在三步外，溫溫地對她微笑。

樓小今認爲當初沒鬆口眞是明智的決定，像他那種太過溫柔的男子，再聰明也學不會明哲保身。

樓小今在研討會上百般無聊聽他校老師討論起一等中，他們說，一中校長特別喜歡用不是原校出身的老師，還會把任職較久的老教師調離，弄得教師之間關係疏遠，老師對學校也培養不出感情。

所以一旦有學生死了，導師一調走，也就沒人知道內情是怎麼一回事。

樓小今腦子轉著——學校禁止課後活動，就是因爲學生死太多個，全是校內死亡。其中有一個失蹤了兩年，後來才在廢校舍發現屍骨。

他們又八卦說，之前有個緊追不捨的老師……啊，單親那個，拿過七年優良獎……查到一半就被車撞死，怎麼說也太巧了。

樓小今站起身，拉了拉衣領，過去向討論八卦的前輩們甜甜一笑。

「請問一下，你們有誰認識從一中調走的老師嗎？」

吳以文並沒有因爲收容小動物、到公園餵貓而受上蒼垂青，在學校的處境反而日益艱難。

他有時會半身濕坐在位子上，有時半節課不見蹤影，那些負責維持校內紀律的糾察隊學長們，似乎玩上癮了。

別科老師當沒看到，老師都沒說話了，同學也跟著無視，反正又不是他們出手的。

吳同學沒打算找人申訴，無聲度日，可惜忍氣吞聲不會換來雨過天晴。

體育課的自由時間，他被拖到雜草叢生的中庭，被人牆圍在圈子裡推拉，就是要他說出一聲「對不起」。

不知道是誰，先踢了一腳，旁人隨後跟進。吳同學完全不會反抗，就像失去自主的人偶，概括承受身上所有折磨。

她說，人類排除異類是正常反應，千萬不要被包容的口號欺騙，每個人都一樣，剝開外皮，自私而醜惡。

——所以，身爲異類的你，存活下來的唯一方法……

學長們安靜下來，吳以文無聲無息扣住他們其中一人的咽喉，沒有對焦的眼幽幽望著他們。

腦中冒出另一道成熟的女聲，屬於白袍大夫帶笑的憐憫。

——我知道你聽得見我的話，你的身體被做過太多試驗，對大半藥物都有抗藥性。一旦病發，再強效的鎮定劑都無用，你只能用你的理智去控制腦中的混亂。如果你對他還有依戀，你只得把自己僞裝成常人，才能被容許待在他身旁。那男人滿心仇恨，沒有餘力照顧你，你只能依靠你自己……

吳以文鬆開手，就爲了那個想當人的原因。

他一放手，立刻被發怒的眾人揍下地，滿身泥濘。

走廊有人輕叫一聲，吳以文和早退的林律人就這麼對上眼。

林律人從未預料會碰上這種場面，怎麼辦？他還得趕去為大伯接機，還有許多事要忙……

林律人當下反射性地別過臉，快步離開現場，就像他們不認識一樣。

吳以文默默看著那雙乾淨皮鞋遠去，繼續趴在地上讓人圍毆，感覺更加自暴自棄。

「你們在做什麼！很好玩嗎？幼稚！」

挺身而出的是纖細的女子，風紀幹部嗤笑了聲，不把她放在眼裡。

「陰同學，妳也欠教訓是嗎？」他們威嚇笑道。

在天海幫聯孫千金面前要流氓，陰冥只有下列感想——

「愚蠢、白痴、無腦、低能、智障！」

「妳！」

「還不過來！」陰冥喊道，可被害者還像灘爛泥癱著，她只得上前推開人群，把笨蛋拉起來。

打人也不找地方，中庭回音那麼大，吵得她在頂樓不得安寧。

「讀書何用？你們這衣冠畜生，之於這個社會又有何益處？」

「講什麼屁話？」

「讀到高中還整天屁來屁去，程度眞好。」陰冥冷笑一聲，「你們家住哪裡我都知道，要滾趁早，小屁孩！」

對罵水準完全不是同個層次，要動手又怕惹來黑道尋仇，他們只能對吳以文狠狠一瞪，悻悻然離去。

陰冥把吳同學拉到廁所洗手台，用手巾擦著對方臉上的血污，以爲會有傷口，但她把那張滿是泥水的臉清理乾淨之後，卻是完好無缺。

「運動外套還你，把濕衣服換下來。」

陰冥快步離開前，聽見後頭響起微弱的清音。

「謝謝……」

陰冥聽得生氣，怎麼會有人活得這麼可悲？

出事後，消息傳開，十三班導師氣急敗壞捉住躲在樓梯間發呆的吳同學。

樓小今看著她的學生，洛子晏臨走前的擔憂全部成眞，他就在這所號稱全市第一的高中，過得像隻陰溝老鼠。如果說學校是社會的縮影，這小子以後該怎麼生存下去？

樓小今把學生死拖活拉到教師辦公室，不顧其他老師在場，帶著哽音咆哮出聲：「你讓我多丟臉，你知道嗎？好像我不管你死活一樣！」

吳以文抽開她的手，維持師生冰冷的距離。

「今天我一定要叫你爸媽看看你是什麼德性，給我叫你父母過來！」樓小今把吳以文帶向他們最近的電話，把座位上的科任老師嚇了一跳。

這件事卻不在吳以文的忍受範圍中，一向概括承受的他竟然激烈反抗起來。

「沒有，我沒有父母！」

吳以文大吼出聲，樓小今嚇得一怔。吳同學轉身離去，在門口與從保健室拿來大毛巾的十三班班長擦身而過。

樓小今掩面大哭。

林律人從校門口直奔回中庭，錯過向老家主獻殷勤、建立好印象的機會。

他回過神來，不敢置信自己爲什麼會認爲那件事與自己無關，以爲離開音樂教室，他們之間就是陌路人。

明明一起吃過飯，說了那麼多話，還約好放學要一起看貓咪的。

可是都已經放學了，怎麼還會有人在？只有對方倒下的那片泥濘證明事過境遷，再也挽回不了。

林律人怔怔站著，他就是這樣，總是活得像個外人。

大哥出事那個晚上，他聽見大伯與律因大哥爭吵：「孽子！」、「父親，求您成全！」大哥一直很聽話，父子間從來沒有那麼激烈的爭吵。

等聲音安靜下來，他被大伯開車帶離別院，他囁嚅問了聲：「大哥呢？」大伯臉色陰沉，沒有理會他。

他怕被責罵，什麼也不敢再說。直到三天後，成叔神色憂懼找遍林家上下，嚷嚷大少爺失蹤了。

他沒說出來，是大伯回電告訴成叔：關在地下室。

他隨車跟去別院，心臟跳個不停。林家的門鎖特別設計過，花了好大工夫才破門而入，然後響起成叔撕裂肺腑的號叫。

他看見蒼白的大哥被醫護人員匆匆抬出家門，劃了線的手腕從擔架垂下，鮮血滴答。

童明夜終究避不開慶中幫主恩召，硬著頭皮會面。

「夜，你知道我想託付給你的任務，這對大家都有好處，你識相點。」

「幫主，我不會叫我手下販毒，這事沒得商量。」

童明夜還記得母親得知學生染毒的悲切神情，好像那人漫長的一生提早宣告不治，他不能做這般傷天害理的生意。

「不愧是老師的孩子。」慶中幫主打了記響指，左右手下便上前牢實架住童明夜，任他怎麼掙扎都動彈不得。

旁邊的人端上鐵盤，放著針具和一罐新批來的貨品。

「我教你，怎麼讓人最快成爲毒販。」

慶中幫主挽袖拿起抽滿針的針筒，親自爲童明夜服務。

「一次就成癮，到時候爲了這一針，叫你張開腿接客你都願意。」

刺痛從手臂傳來，童明夜絕望地看著針筒上的液體沒入體內。

男人嗤嗤咬著他耳郭：「眞好笑，都髒成這樣了，你還以爲自己是蓮花嗎？」

蓮花不敢，不過他的確是老師的孩子，這輩子最愛的就是滿口學生經的媽咪了，從小孺慕母親風華而成長，在人生第一志願堂堂填上「老師」，再來才是「勇者」和「父親」。

但他也是那人的兒子，放眼九聯十八幫，誰都快不過他拔槍的速度。

「夜！」

都怪慶中幫主疑心病重，胸前隨時放著一把小槍，被童明夜反手抽來抵在眉心也是自找的。

「你不敢殺人。」

童明夜感覺得到藥效從他血管瘋狂亂竄，一邊緊擰著大腿，一邊咬牙笑道：「幫主真是了解我，不過爆掉男人小鳥的罪惡感，我還承受得住！」

童明夜一路挾持幫主到街角，然後一把推開那個抖得快尿出來的男人，拔腿就跑。

他之前聽毒蟲說哈一管多爽，爲什麼現在卻痛苦得要死掉了？肺還在卻吸不到氣，眼中的世界傾斜半邊，半跌半跑，也不知道能去哪裡。

一般好學生一定會往警局求援，但他是個小混混，不相信條子，母親車禍的案子讓他覺悟到，那只是一群制服佩槍、欺弱怕惡的公務員。

他只是一直跑，拖延被抓去處刑的時間，然後模糊的視線出現了某人，搖了搖腦袋卻沒消失。

大概是太習慣來蹭飯，下意識選了這裡而不是回家的路。怎麼辦？不可以把他牽扯進來，不行、不可以……

童明夜栽倒之前，被吳以文及時扶住身子；同時間，慶中人馬追了上來，三個男人如豺狼緊盯少年懷中的叛徒。

吳以文先把童明夜擱在路邊，在對方發話之前，先聲奪人，雙手扣住離他最近的男人，反摔在地，男人昏迷過去。

剩下兩人驚愕地回過神來，立刻採包夾攻勢。吳以文單腕勒住一人後頸，以那人為支點，旋身甩上兩腿，挾住另一人頭顱後翻，一同把兩人摔落在地。一時間，兩個男人除了倒在地上痛咳，再也沒有辦法動作。

如果童明夜清醒著，一定會為他的阿文親親喝采，三兩下就把人家黑社會老大的近衛幹掉，這孩子前途不可限量。

但童明夜只是在地上抽搐著，雙眼緊閉，嘴邊流出白沫。

「明夜？」吳以文輕輕搖著他，像對待剛出世的幼崽，用力一點都怕傷著。

吳以文低身揹起比自己年幼的男孩，印象中，生病的人要送到醫院去。

他在急診室外徘徊，看著白袍人在視野裡來回穿梭，四肢末梢下意識痙攣起來。

童明夜在他頸邊痛苦哀鳴一聲，吳以文才顫抖著腳步踏進滿是藥水味的診間，出聲叫住某個白袍大夫。

「拜託……救、救人……」

醫生過來看兩眼，把登記的護士叫來，提點兩句，就去處理下一個病人。

綠衣護理師把他們帶到角落急診床位，爲童明夜掛上一大袋點滴，從頭到尾沒去看他們的臉。

「家屬呢？」

「我是他大哥。」

童明夜恍惚聽著，不知道吳以文爲什麼這麼明確敘述他們的關係。

「我們醫院不收毒犯，等他清醒過來，請你們離開。」

吳以文抓著童明夜冰涼的手腕，恐怕他們一出醫院，慶中的人就會把童明夜抓回去處死。

急診室另一頭，掛號藥櫃正因爲信號燈故障而隊伍大亂，混亂人群裡有個高大英偉的男子站出來大喊：「警察，統統給我排隊站好！」不一會兒，人們自動分成四排。

正當吳韜光抓著藥袋，凶惡地維持大眾秩序，衣角被人拉了拉。

「師父……」吳以文硬著頭皮叫道。

「你怎麼在這裡？哪裡受傷了？」吳韜光按著吳以文的肩膀，讓他原地轉了圈，把沾滿泥巴的運動服拉開，看來還是好端端一隻。

吳以文搖搖頭，指向急診室的床位，艱難地開口：「師父，幫忙……」

「你還是能說話嘛，這不是說得很好？我有看一些親子書，書上說，你應該多跟我說話才對。」吳韜光顯得很滿意，腦中並未庫存上次不歡而散的記憶。

吳以文拉著吳韜光的袖口走向病床，短短路程，吳韜光一直用手比劃吳以文的身高，上上次見到好像才到他肚子，現在都已經這麼大了。

吳韜光的好臉色在見到童明夜之後沉了下來，案子經手多了，一看症狀就知道是怎麼回事。

「你怎麼會跟這種敗類一起廝混！」

「明夜是好孩子。」吳以文用力咬字說道，「有人要殺他，拜託師父救他。」

吳韜光看了孽徒好一陣子，轉身去找醫生，亮出警證，表示這是刑案重要人證，得請求特別看護，務必全力救治。

於是，童明夜從一瓶打發用的食鹽水換成解毒針，脫離險境，在病床上睡得很沉。

「謝謝……師父……」

吳韜光看著小徒弟低垂的腦袋，怎麼看都覺得和其他死小子不一樣，一說話就害他心軟，或是抓狂發火。

「你叫『以文』？連海聲取的？」

吳以文怔怔地點頭。

「其實我也想過幾個名字，不過我沒讀什麼書，你師母說她來想，我才沒取。」

吳以文把腦袋垂得老低，不應聲。

吳韜光在局裡看過形形色色的青少年，也知道他們低頭掩蓋的是什麼表情，抓緊手中的藥袋。

「詩詩她病了，不是身體的那種，她不是故意的，你要體諒她。」

「我也生病，師父爲什麼不體諒我？」吳以文以爲一切都無所謂，原來還是會在意。

店長要他從吳姓，他還說了兩次「不要」，因爲師父說要當他爸爸卻沒有履行諾言。

因爲他曾經最喜歡師父了，所以說什麼也無法原諒這男人。

「別說這些有的沒的，你到底要不要跟我回去？」

「老闆會養我……」

「就是那傢伙把你扔來我家，他上次叫我過去，就是不想再照料你。」

吳以文蜷縮的肩膀劇烈顫抖起來。吳韜光叫了幾聲，吳以文都沒有回應。當初就是動不動變成這樣，才逼得他出手把人打醒，只是打到後來也沒效了，對方只會把自己舌頭咬得滿口血。

是親生的都受不了，還不是因爲他養得有感情，才會一直捨不得送走。

手機響起，吳韜光厲聲接起電話，分局長沒計較他沒大沒小，只是說明警局臨時有事，除了他這個人間凶器誰都處理不來，要他回崗位。

吳警官瞪著藥袋答應下來，又瞪向縮得像蟲的小徒弟兼養子。

「我會再派人過來保護那小子，你把藥拿回家，叫詩詩照三餐吃。她吃了藥就會好起來，以後就會對你好的。」吳韜光對躁鬱症的看法就是如此簡單。

吳以文遲遲不接過去。

「信不信我揍你？叫你做事不情不願，叫我幫忙就理所當然！」

爲了回報搭救童明夜的恩情，吳以文緩緩伸出雙臂。

吳韜光看男孩安靜拿著藥袋，橫衝直撞的情緒一時被情感壓下。

「詩詩眞的很想你，她從沒提過流掉的孩子，卻會收拾你以前的衣服，問我你在天堂過得好不好……你可以生我的氣，可是你不要怪她。」吳韜光說完扭頭就走，走三步又回頭破口大吼。「還不跟我說再見？以前的家教全忘光了嗎！」

像剛來那時候，每當他要出門上班，小徒弟就跑到玄關跳上跳下，口齒不清說著：

「師父再見、再見！」妻子在後頭掩嘴輕笑，他以爲一個家就該如此，有了孩子總是比較熱鬧。

到後來，見了他總是躲著，怕被他發現，安安靜靜的，弄得像家裡沒這個人一樣。

吳以文只是慌忙閃躲經過的白袍大夫，一句話也沒說。吳韜光很不高興，就是個不知感恩的東西，不要也罷。

童明夜夢到自己在北極散步，冷得要命，幸好半空飛來一塊毛毯，把他包得暖和起來，才沒失溫死翹翹。

童明夜虛弱睜開眼，吳以文從右側環抱住他。童明夜盯著吳以文的髮旋放空一會兒，他總是獨自守著一干笨蛋手下，從沒想過落難時會有這麼一個人照顧他，下輩子願意以身相許。

「明夜，醫生走了，腎還在，不怕。」吳以文直起身子，拍拍他胸口。

白袍大夫被他說得像偷器官的壞蛋，童明夜扯開嘴角笑了下。

「渴？餓？」吳以文問道。

童明夜真的很想叫吳以文陪在自己身邊，享受關心備至的待遇，但他知道吳以文寄人籬下，也是自身難保。

「阿文，對不起，我一個人爛就算了，還把你牽扯進來，我們以後不要再見面了，好不好？」

童明夜哭得一塌糊塗，他兩手麻痺，最後還得勞煩吳以文為他擦眼淚。

午休時間，林律人從資優班繞過半邊校舍，來到十三班外，教室裡只有一個戴眼鏡的男同學。

「請問，吳以文在嗎？」

「他這兩天沒來學校。」

林律人準備要離開，被十三班班長喚住。

「你是他朋友對吧？他在班上沒有要好的同學，麻煩你多關心他。我試過了，但他好像不太喜歡我。」楊中和微微苦笑。

林律人垂下秀雅的臉龐，沒留下話便轉身離開。

古董店店員拒絕上學，整日抱著貓癱在地上。

據大貓了解，他在學校被小伙伴和有點在意的女生撞見狼狽的醜態，覺得很丟臉，還把導師弄哭，連喜歡的小和班長也沒說再見。他不想再回到那個傷心地。

再加上那個住院小混混，吳以文這個月好不容易拓展出去的人際關係全數落空，讓他以為只要不離開這間店就不會受傷。

期間吳以文只有出門送過藥，因為男孩狀況不好，貓陪著去。那裡離古董店沒有太遠，是棟兩層樓高的木造建築，房子獨棟獨院，前院種滿花草，相當別致的人家。

吳以文按了門鈴，把藥放在門口，抱著貓就走。一會兒，有個白衣素裙的女子打開門，一腳踩上藥袋卻渾然不覺，可能因為她的注意力全在男孩身上。

貓終於知道男孩某部分氣質像誰了，連相貌都有些相似。記得店長說過，這對夫妻十六年前就結婚了，膝下無子。

女子動了，赤腳追出大門，又停住腳步，虎斑貓喵了兩聲，提醒男孩她的存在，吳以文卻加快腳步離開。

說不定當年只是無心之過，習慣兩人生活的夫妻不知該怎麼對待已長成半大的孩子，不自覺傷害到幼小心靈。

貓這麼向店員開解，只見吳以文臉色蒼白得不像樣。

吳以文回到店裡，什麼也不做就往店長常駐的櫃台窩著，把身子縮到最小，這樣才能安心下來。

沒上學前就是這副死德性，貓一點也不奇怪，只是店員完全不睡覺，那雙眼珠徒然睜著，配上那身好材質的店內制服，像極裝飾用的娃娃。

如果不要理他，他和這家店可眞是相稱，精美卻沒有人氣。

這般靜謐風景，一直維持到店長回來才打破。

「出來！」

連海聲一下機就接到導師告狀的電話，吳同學已缺課三天，店長直覺這是店員的反動。

吳以文聽話來到店長面前，頭低著，眼珠朝上望著連海聲絕美的怒容。

「說過多少次，不准這麼看人！」

店員慢了半拍才把上吊的眼珠調下，久未出聲的喉頭咿啊兩聲，背誦出該有的反應。

「老闆，回來了，要吃什麼？」吳以文伸手要拿行李，被連海聲使勁拍落。

「你爲什麼沒去上學？」

回答問答題需要比較複雜的反應機制，吳以文恍惚站在原地。

「老闆要吃什麼？」他反應不來，只能重複剛才的問句。

連海聲一怒，氣急攻心，突然捂著胸口倒下，嚇壞吳以文，天塌下來也不過如此。

吳以文把店長抱入臥房，托起連海聲下巴餵藥，俯身聽心音，開始按摩急救，待心跳回復，繼續人工呼吸，直到連海聲緩過氣來。

雖然知道是在南洋熬夜辦公的緣故，但不妨礙店長把心臟病發怪罪到店員頭上。

「對不起……老闆不要死掉……」吳以文把他的手抓得死緊。

連海聲本來已下定決心，世界末日也不會改變，但一見男孩就不住心軟。每次身體欠佳，吳以文在身旁服侍的模樣，總會害他想起過去相依爲命的日子。

華杏林老愛裝模作樣地同情，感慨小朋友眞倒楣，被他撿到，又送錯地方，一輩子就這麼毀了，不然一般育幼院至少能過著困苦而平淡的一生。但是很奇怪，他記著寄養家庭的壞，卻半點不跟連大美人計較；要不是他恨到想找機會把連某人挫骨揚灰，就是太喜歡了。

醫生又廢話一句：就像你一樣。

連海聲使勁把那顆頭推開，有氣無力地叫店員把電話拿來。他和幾個生意人談妥細節，將南洋的事務收尾，讓林和家得以繼續用他表面溫吞、私下大刀闊斧的方式幹活。

「我要北上，你待著。」連海聲振起西裝外套，要下床出門。心中默想，最好別攔他，不攔就繼續養下去。

可是事與願違，吳以文抱住他的腰，把他壓回床鋪。

「老闆要休息。」

連海聲發出綿長的嘆息，怎麼教都學不會，把他的性命放在命令之上，碰上生死交關的危險時，難不成要幫他擋子彈嗎？

「我不想要你這個廢物，你出去，給我出去！」

「老闆休息。」吳以文抱著不放，抵死抗命。「老闆休息，我會去睡垃圾車……」

連海聲搥打那顆腦袋，但不僅沒力氣，也打不下手，僵持到最後就像撫摸著般。

「以文，我還以為你能撐過去，像一般的孩子那樣上學讀書，這樣我就不用再負什麼責任。」

「老闆養我……」店員悶在店長懷裡回話。

「你能一輩子都躲在這裡嗎？連句話都說不好的白痴，我留著有什麼用？」

「我會做很多事，什麼事都會做……」

「都會做嗎？那好，你走，去哪裡都好，不要再讓我見到你！」

「不要。」

拒絕得倒乾脆，說他傻連海聲還真不相信。有時候看他卑微謹守本分，有時又會半夜看到這顆笨頭挨到頸邊，呼嚕嚕睡著。弄得他也被一室寧靜的氛圍所惑，一而再縱容下去。

「你知道爲什麼我對你總是不聞不問？我帶著你，是因爲你生病是我的責任，那時候你狀況差到會自殘，華杏林打算將你安樂死，我不得不收留你，不是因爲我把你當成自己孩子……我很恨你，你明白嗎？」

連海聲不是憑空揑造，這都是他眞心所想。

「你爲什麼不死了算了，爲什麼又要出現在我面前，打亂我所有計畫？你的存在眞的讓我非常困擾！」

「喵。」

連海聲推開鬆手的吳以文，頭也不回走出古董店，銅鈴聲久久不絕於耳。

貓見吳以文從倒臥的姿勢站起來，看起來沒什麼大礙，照樣進廚房給貓作飯。煮完飯，抹布拖把預備，擺爛數日後，重執掃除工作。

虎斑貓合理懷疑，這不是店長第一次這麼對待店員，連海聲偏激的性格使然，克制不住自己對身邊的人殘忍。

貓跟在吳以文腳邊，難得柔和地跟他說話，雖然男孩顯然什麼也沒聽進去。

水晶櫃擦到一半，吳以文突然躬著上身蹲下。

貓踱到男孩面前，見大把淚水從那雙無神的眼淌落，沒有表情、沒有聲響地哭著。

吳以文好一會兒才意識到淚水，那女人說他哭起來很醜、很噁心，看了只會讓人更討厭，不可以哭。他那天就是哭個不停，才會被丟掉，不可以哭。

他伸手想把眼珠挖下來，被貓喝止。

吳以文恍然看向底層的長型空櫃，他特意留著沒放東西，打開櫃門，鑽進長櫃，拉上水晶門。

貓在外邊吼叫，他沒理會，只是想像著那人攬著自己入睡的手和溫柔的笑聲，幻想自己也曾被喜愛過，沒有要被丟掉。

一聲貓吼，水晶櫃碎了開來，貓避開碎片跳到險些把自己悶死的男孩身上，給他狠狠暴打一頓，看看能不能打醒這個笨蛋。

明知對方是怎樣的人也要和他一起生活，死也不想離開，這不是犯賤嗎！

罵歸罵，但貓也曉得男孩沒有選擇。他的生命非自然化育，也就不被天所容，命中一無所有，與世間的連結就是連海聲這個薄命之人。

男孩只是抱著溫暖的毛球，微拱的背不時抽動。店長和誰都不一樣，被他厭棄實在是承受不住。

那時候只是想，一定要活下來，無論如何，都不能死去；背棄所有身爲人的道德，也要等他回來、再見他一面，告訴他過去一起生活時，那些心中積累、因太年幼而沒辦法說清的情感。

那人沒有來，怎麼等都沒有來，他只好不聽話，掙脫師母勒緊他脖子的手，殘喘一口氣出走。

他倒在最初被撿拾的墓旁，睜著眼，直到再也看不清東西。醒來的時候，那人就在身邊，緊緊握著他骯髒的手，像作夢一樣。

那就是他活著的意義。

然而，想到他死去，連海聲鬆口氣的樣子，他就覺得自己實在苟活太久了。

八、不思議之夜

本來以爲昨天發生那種事，店員會從此拒絕上學，他卻一大早起來梳洗，穿上明亮的學生制服。

吳以文臨走前不忘把虎斑貓的毛蹭得一團亂，卻忘了說再見。

吳同學又來上課了，十三班興起不小騷動，只可惜今天班導又出差，沒能看到她緊迫盯人換來的成效。

校長特別高興，把吳同學叫去辦公室，過了半節自習課才放人回來。除此之外，吳同學和以前沒什麼兩樣，就是個班上的人形立板。

放學後，十三班班長去教師辦公室交作業回來，沒想到教室還有人在。

吳以文在窗台前輕手扭乾抹布，夕陽西下，在他身後拉出一道柔和長影。

楊中和才想起，吳同學是今天的值日生。看著他仔細清掃教室的背影，自己應該要收回那句責備對方從來沒爲人付出的話才是。

「吳以文，早點回家。」

童明夜臉色蒼白地站在慶中一干幫眾面前，都快站不穩了還嬉皮笑臉。他差點忘記自己還有一群沒人護著的手下小弟，趕緊逃出院來，要循黑社會規矩解決問題。

「你還有膽回來見我。」慶中幫主獰笑說道。

「幫主過獎了。」童明夜記得人生第二志願，勇者無懼。「希望幫主大哥開個條件，讓不才的我提早退休，我會很感激您。」

「你要退幫？」

「如果可以，我還是想回去讀書。」童明夜深深嘆息，這輩子大概圓不了這場夢了。

底下幫眾喊著要殺雞儆猴，不然慶中顏面何在？慶中幫主卻攔住罵聲，瞇眼思索起來。

「夜，的確有件事要勞煩你幫忙。事成之後，許你自由。」

童明夜早有耳聞慶中籌資的計畫，與「販毒」並列兩大不可爲的無良事。而毒犯關個幾年就能重出江湖，另外這個卻是死刑到底，急切需要犧牲品。

「我很樂意。」童明夜向幫主戲劇性地欠了欠身子。

林律人今天走得有些晚，因爲司機來電車子拋錨。

他去音樂教室坐了一會兒，才揹著琴盒走到學校側門。六點十分，這時間學校幾乎是空城。

車子停在比平常僻遠的位置，他上車後，低頭說了聲「開車」，就不再搭理人，對回家這件事沒什麼興致，直到聽見子彈上膛的聲音。

林律人往前座看去，林家司機被扒下黑西裝和領帶，全身只剩一件襯衫，四肢被綑在前座腳踏墊，身上還橫著一雙囂張的長腿。

「小王子殿下，恭喜啊，被黑道選作擄人勒索的祭品。」

林律人盯著眼前的槍管，脣只是抖了抖，沒有呼叫。

「今天碰上我是你的運氣，我對美人總是很溫柔。」童明夜對有些膽色的林家小公子微笑致意。

「你要做什麼？」林律人眼鏡下的眸子凌厲瞪去。

「我說我不是惡龍，不知道你信不信？」童明夜笑了笑，林律人卻看不出他眼中有任何愉悅的跡象。「反正我都要死了，死前做好事說不定能上天堂和我媽團聚……這裡已經被慶中人馬包圍，你等下聽我指示，盡力拖到你家的人來救你。」

說完，童明夜挾持林律人下車，腳步踉蹌。

「我數一二三……跑！」

林律人拔腿狂奔，身後響起凌亂的槍聲。他不敢回頭望，躲進男廁裡，抖著手指撥話，聽著撥接的鈴音，感覺特別漫長。

他不知道自己怎麼有臉求援，但這種時候，除了家裡的電話，什麼也想不出來。

電話通了：「弟，你在哪裡？」

林律人沒來得及回答這句帶著火氣的質問，隔壁廁所門就被暴力踹落。

「下一間！」

三名男人吼叫著，當他們踹開林律人所在的廁所，領頭人被迎面飛來的書包砸個正著。

林律人全力撞開男人，往外跑去，逃脫中被砸了一拳又挨了記悶棍，從沒受過這般皮肉痛的他，立刻飆出眼淚。

母親在火場裡呼號、大哥劃開腕口，他們也是那麼痛嗎？

還有那個被眾人踩在腳下的男孩子，雖然他沒有開口呼救，可是怎麼可能不痛得發麻？

林律人穿過中庭，要往大門奔去，卻被乾枯的草根絆倒，狼狽摔在雨過的泥坑中，後頭響起歹人的大笑。

他撐起雙肘，一雙乾淨皮鞋映入眼前。林律人不可置信，連帶後頭三個男人都停住腳步。

「又是你這小子！」三個男人正是日前去抓童明夜卻被打得滿地找牙的受害者，一時間不敢輕舉妄動。

「律人。」吳以文低聲喚著，林律人怔怔望著他，那雙幽靜的眼格外適合夜色。「到我身後。」

林律人還沒來得及動作，兩方便廝殺起來。吳以文書包裡不知裝了什麼，歹徒的鋁棒砸下來，竟然硬生生彎成Ｌ形。

「你是什麼人？」

「古董店店員。」吳以文放下書包，已熱身完畢。

林律人才眨過兩下眼，三個可稱爲眾數的匪徒全數回歸大地，吳以文踩過他們身軀當腳墊，屈身朝林律人伸出手。

「對不起……」林律人用力握住那雙手，扣在前額懺悔，感謝老天爺留給他這次道歉的機會，而不是從此陌路永隔。

「什麼事？」吳以文眨眨眼問。

「可惡，你不要對我太好啦……」林律人大哭起來。

林律人手機摔了，吳以文沒有電話，無法聯絡外援。

往大門望去，黑影幢幢，側門又傳來激烈槍響，只剩後門有路。

「他們是黑道慶中，要抓我勒索林家。」林律人按著抽痛的腳踝說明大概。

林律人估計，等林家掌握正確消息，調派人手趕來，大約要一個鐘頭，但學校那麼小，兩個男孩子沒把握能撐到那時候還不被抓走。

林律人勉強用扭傷的雙腳站立，他想往建築物上層走，賭賭機會，而吳以文最好往後門跑，或許還來得及脫身。

燈光照來，林律人心頭一驚，下一刻就被吳以文半抱起身，抱了就跑。林律人緊張之中，又帶著一絲難言的甜蜜。

槍聲停下，童明夜踉蹌逃往校舍，也只想得到往上爬這個拖延時間的方法。

槍戰他能以一敵十，耗盡雙方的子彈，但等他們拋下槍，拿起棒棍，童明夜就沒能耐再撐下去。

視線因血模糊成一片，童明夜卻望見那身白制服向自己跑來，雖然不可思議，但也不至於零機率，想來那人就是一等中的學生。

「救救我，貓咪大廚！」

吳以文義不容辭旋身掃飛童明夜身後持棍的大漢，童明夜呼口氣，把整張背壓上吳以文肩頭。

「眞的是你！」

「是我，勇者大人。」

聽見吳以文配合回答，童明夜眞是亂感動一把。

「怎麼還不回去？你又被同學欺負啦？」

「今天沒有。」

「現在有四組人在堵我，我們分配一下吧！」

「你一我十。」

「阿文，先不論你超額的工作量，有餘數……」

「我十三個。」

「啊啊，這次是多出來了。」

吳以文低頭扳算十根手指，貓咪大廚，算數不好。

「好了好了，你打就是了。」

童明夜實在連根手指也動不了，只是強撐著雙腿要與吳以文並肩作戰。但他才舉槍，吳以文已在前頭撂倒兩人，滑身閃過球棒，反身把對方踹下地吃泥。

慶中因爲幫主多疑，只有少數人佩槍，反正欺侮手無寸鐵的小老百姓綽綽有餘。不過，百姓之中，絕不包括古董店店員。

童明夜早知道吳以文很強，但不知道強成這樣，他那種身手不是拜個名師、在道場上練習就能得來，一招便能讓人再也站不起身。童明夜恍神間，吳以文已安然回來，白衣沾上幾滴血花，完殺視線中所有敵人。

「明夜，來。」

吳以文把背袒在他面前的時候，童明夜一時沒會意過來，直到幫中人馬聽聞側門全滅的風聲，嚷嚷要派主力軍過來時才清醒。

童明夜一把跳上去，雙腿使勁在對方腰間交纏，一輩子也不想分開。

「如果活著出去，就嫁給我吧？阿文親親～～」

「開什麼玩笑，那是我的人！」樓梯口跳出搶婚的程咬金，童明夜哎呀一瞧，不是他英雄救美的林小公子嗎？

吳以文伸手要扶林律人上樓，林律人只是委屈不說話。剛才還有頭等艙的待遇，現在竟然得自己拐著傷腳爬樓梯。

吳以文用爲難又像是發呆的神情說：「律人，明夜傷得比較重。」

林律人含恨瞪向小混混，童明夜咧開嘴角炫耀，吳以文無聲帶兩人前往舊校舍樓頂。

「以文，你怎麼會認識這種可疑的社會人士？」

「什麼社會人士，你以爲老子幾歲了？」童明夜穿著黑西裝駁斥。

「至少二十歲了吧？成年人還一副幼稚的口吻。」

童明夜非常傷心，長得人高馬大又不是他願意。

「謝謝你救我，他朋友就是我朋友。」林律人低聲說道，意思是事後慶中全被林家宰光，他也會維護童明夜完整無缺。

「謝啦，好人眞的有好報呢！」童明夜一手捂住腹部的血孔，燦爛笑了笑。

當他們拐上三樓，突然被廊上男人叫住，林律人認出那是校長，稍微放下提在喉嚨的心膽。

「有人襲擊我們。」

「什麼？快過來！」

校長掏出鑰匙，打開最近一間術科教室，裡頭放置鍋碗瓢盆，地板和講台十分乾淨，

林律人總覺得有股說不出的不對勁。校長將他們三人趕進教室，牢實鎖上教室鐵門。

教室前方放著舒適的辦公皮椅，還有一組遍覽校園各處的監視器，林律人頓時了解這

男人早就知道學校出了什麼事，卻還是在這裡悠哉等他們入網。

「小心……」

林律人扶住摔落在地的童明夜，因爲吳以文無預警跪倒下來，右臂扎了一支針筒。

「沒想到，你還帶了觀眾給我助興。」校長憐愛地撫摸吳以文的髮絲，眼中流露出瘋狂的欲念。「我保證，今晚的表演會令你們畢生難忘。」

四周瀰漫甜膩的香氣，肚子裡卻塡著滿滿的反胃感。林律人在這種狀態下醒來，發現跟小混混背對背被電線反綁在一塊，想到昏厥前最後的畫面，他就覺得今晚的運氣還眞不是普通地背。

童明夜輕輕用肩膀碰了林律人一下，兩人視線不約而同望向教室前方潔白的白石長桌，是示範用的料理台，吳以文平躺在上頭，雙目緊閉。

稱得上一幅賞心悅目的風景畫，兩人心裡分別閃過白雪王子、睡美男等著名場景——如果桌邊沒站著一個變態的話。

校長含情脈脈地凝視他的祭品，然後轉過道貌岸然的臉孔，向醒來的觀眾們微笑，童明夜只恨沒手能撫平自己竄上的雞皮疙瘩。

「你應該知道我是誰吧？不管你想做什麼，放開我，一概既往不咎。」林律人說得冷淡，好像男孩的死活事不關己。

「媽的，有錢人果然操你娘的沒血沒淚，剛才是誰趴在地上一把眼淚一把鼻涕求人救你的？賤人！」童明夜發出壓抑的咆哮聲，頭一偏，往林律人臉孔撞去洩恨，脆弱的無框眼鏡掉落磁磚地板。

「我和你們這些人不同，不要拉我下去陪葬！」林律人昂起傲然的臉，完全不在乎童明夜惡狠狠的表情。

「很好，出去之後，你就別讓老子活著逮到你，否則見一次，殺一次！」童明夜露出兩顆尖銳的犬齒。

掌聲響起，兩人僵住，不約而同看向雙手環胸的變態。

「演得眞好，差點被你們唬過去。」變態校長一舉一動都流露出高知識分子的優雅和品味，看不出內容物有多禽獸不如。「可是我教了二十多年書，兩位小朋友。」

「都是你！」林律人馬上把責任歸咎在童明夜身上。

「怎麼可能？我是被喻爲耍小流氓的神童耶！」童明夜非常惋惜沒有手給他貴妃捧心。「明明就是你這個怯懦的公子哥演得太像千金小姐了！」

「我的確是演千金小姐！」林律人因爲演技受到批判，脾氣爆發出來。「等一下就要梨花帶淚哭倒在地，你竟然打斷最精彩的地方！」

「拜託，是那個傢伙太早拍手的錯，不要栽到我頭上。」童明夜斜眼鄙視變態校長，卻看到他手中搖晃一把水果刀，連忙使眼色叫林律人收手。

「想要拖延時間？你們很聰明、很勇敢……」變態隨手把刀鋒輕劃過睡美男的耳畔，讓小觀眾們瞬間噤聲，「也十分幸運，死前還能參與我們的演出。」

「不准動他！」林律人不理會童明夜暗中扯住他手腕，難掩無能爲力的焦急。

變態校長從口袋拿出針劑，向他們展示一二。

「上面麻醉劑的分量連大象都會昏睡三天以上。以前有個案例，女孩子難免哭哭啼啼，插一下，立刻心臟麻痺，冷掉了。」

他們看著吳以文的胸口，只能慶幸他的胸膛還微微起伏著。

男人見兩個少年認分地安靜下來，滿意地笑了笑。

「開學那天，他就像隻迷途小羊。當他抬起那雙純淨的眼眸，我立刻明白他需要我愛意的滋潤。」

童明夜很捧場地乾嘔幾聲。

「我最喜歡安靜的孩子了，他總是一個人待在教室裡，安安靜靜。」男人細細撫過少年青澀容顏的輪廓，直到指尖停在他柔軟的雙唇上。

林律人都快咬碎一口白牙。

「你們知道要找一個獻祭有多麼困難？沒有朋友，家人默不關心，還得在適當時刻成為他們心靈的支柱。」變態又碰了碰男孩柔軟的唇瓣，忍不住讚歎一聲，俯身吻了下去。

童明夜和林律人已經害怕起對方接下來想做的事情。

「本來進行得很順利，卻有幾個不大不小的麻煩。」男人舔了舔上唇，意猶未盡，開始解起少年的上衣鈕釦。「一個是他管閒事的老師，好不容易找到兩個比較能看的新血進來，卻那麼不識相。為了讓他嚐到跌落谷底的滋味，我還特地讓他和那個噁心的娘娘腔培養感情再下手。至於那個漂亮女人，要留下來當替死鬼。」

「太過分了。」林律人自責不已，他應該早點發現加諸在吳以文身上的陰謀。「也是你放任風紀幹部大庭廣眾欺負他？」

「就是我。」變態校長回答時，難掩得意。「另外讓我感到棘手的，是他跟你熟識起來，你們坐在一起真像一對璧玉，我都捨不得拆散。」

「你監視我們？」林律人扭緊手指，指甲狠狠刮中童明夜的皮肉，痛得對方哀哀叫。

「不然怎麼安排綁架你的時間？」變態的視線始終離不開吳以文白襯衫敞開下那片勻稱的肌理。

「你和慶中勾結？」林律人不可置信，一等中可是林家資助的學校，竟敢反咬他們一口。

「林家日薄西山，你又是外家進門的養子，想必他們不會太過追究。日後申家掌握大政，他們還得搶著巴結我。和黑道合作，做事變得很方便，有什麼不順眼的人，叫他們處理掉就好了。」

「姓申？你該不會是一等中現任校長吧？」童明夜冷笑起來，「之前有個車禍過世的女老師，該不會就是揭了你的底被滅口吧？」

「我很遺憾，她是個好老師。」申校長一臉緬懷，好像他不是兇手而是被害人親友。「我記得她有個愚蠢的兒子，爲了報仇，加入謀害他母親的幫派。」

童明夜全身都在發抖，他輕信了慶中幫主的說詞，以爲是天海幫聯下的毒手，這些日子他已開始生疑，如今被親口證實，腦中血液幾乎抽空，只剩眼睛紅得滲血。

林律人掐住童明夜手腕，拜託對方再忍兩下。

申校長繼續侃侃而談這些日子來他如何追求傾心的「對象」，他們才知道吳以文在學校被騷擾得有多嚴重。

「我經手的每個孩子多少都對他們冷漠的家庭有所怨懟，拚命逃避，他卻異常執著，害我遲遲沒有和他交心的機會。」

申校長解開腰上的皮帶，包括男孩和自己的，拉鏈扯下的聲音此時聽起來特別驚悚。吳以文格子長褲連同底褲一口氣被褪到腳踝，勻稱雙腿頓時暴露在充滿欲望的目光下。

當男人就要跨坐到少年身上時，咻地響起風聲，肩膀淌出鮮紅。

童明夜舉起心愛的小手槍，林律人甩了甩重獲自由的雙手。

「大變態，從我們男主角的大腿上下來，舉起你自慰的左手和右手。對，不要這麼訝異看著我，雖然我真的很帥。」童明夜目光滿是厭惡。

無框眼鏡的鏡片碎落一地。他們兩個花了不少時間才把它壓碎，割斷綑綁的電線。林律人還不慎劃破小指頭，低頭往手指猛吹氣。

快樂的事被中途打斷，申校長斂住幾欲瘋狂的表情，冷靜得令兩人提心吊膽。

他笑了下，按下手邊遙控器，打開教室大燈。

「果然這種事還是獨享好，你們太礙事了。相信再過不久，下面的人馬就會上來，把你們帶往地獄。」

林律人睜大那雙秀氣的眸，童明夜也怔怔望著前方。申校長把他們的目瞪口呆解釋成絕望，沒注意到兩人目光有著些許偏移，落在他身後的料理台上。

吳以文坐起身，無聲拉起他的貓咪四角褲。

「大、大象麻醉劑……」童明夜發出意義不明的單詞。

申校長終於回頭，吳以文正扣上最後一枚領釦。

「不可能！」

「校長，我來了。」吳以文說道，因爲他們約好放學碰面，申校長才會在家政教室等他過來。

申校長驚疑地退開半步，男孩眼中波瀾不驚的冷寂不在他豐富的閱歷裡頭，無法預測對方的反應。

吳以文一拳揍上男人左臉，男人嗚叫一聲，又揍向他右臉，抬膝重擊腹部，讓對方痛得跪下，持續不留分寸地痛毆，直到童明夜和林律人一左一右拉開吳以文。

吳以文根本是把變態往死裡打，帶著明眼人都看得出來的憤怒。

「阿文，他要是沒氣，你會被抓去關啊！」童明夜不覺得爽快，只看得心驚膽跳。

「他該死。」吳以文面無表情地回應。

國文老師從入學起就努力護著他，這種溫柔的善意對命賤的他來說十足難能可貴，男人卻將它奪走，不可原諒。

林律人擔憂地望著吳以文，童明夜又失血到臉色蒼白，吳以文才放下校長，扒了他的棉質內衫，撕成條狀爲童明夜包紮止血，童明夜被吳以文暴力的止血加壓弄得吱吱叫。

林律人從櫃子裡翻找酒精，準備消毒傷口時，卻意外發現兩具枯骨，套著與自己身上一樣的制服，男女都有，可見地上的人渣不是第一次犯案。林家都沒發現他們選了怎樣的人做一等中的領頭師長，實在對教育太不上心了。

短短時間，變態身上的衣物用品全被吳以文扒下帶著，以備不時之需。他又從中校長身上摸索出後門鑰匙，在朝外的窗口寫上求救訊號，沒關燈便把教室鎖上，要讓人誤以爲他們躲在教室等待救援。

林律人和童明夜的腦袋才從犯人的惡行中回復過來，吳以文已把兩人半扛半拉帶到頂樓。這孩子雖然話說得不好，但緊急應變能力眞不是蓋的。

等他們狼狽爬上充滿靈異故事的樓頂，童明夜再也撐不住傷勢，大字躺平在風大的水泥地上。吳以文忙著替出入口上鍊條，林律人抱膝蜷在他身邊，腳下缺了一只皮鞋。他們稍微歇口氣，回想起適才揭穿的陰謀。

「阿文，這麼說來，你早知道那男人有問題？」

「他背後很多人，涼涼的。」

陰陽眼？童明夜和林律人神色不免驚恐。

「你本來想忍著那口氣，請那變態庇護我們吧？沒想到他給你來這一針，想必也是因爲揹著我不方便才中招。」

吳以文搖頭：「就是想揍他。」

「……哦、哦！」

吳以文鎖好鐵門，往靠東的角落站了站，掂量後門的情勢，轉而埋頭打繩結。這綑三十尺長的尼龍繩本來是那變態男人準備用來對付他的道具。

「以文，打扁校長之後，你是不是打算不來學校了？」

「嗯。」吳以文輕應一聲。「有感覺，要去一個很遠的地方，本來就要去。」

林律人聽得胸口沉甸甸的。

「人生最後，認識律人和明夜，很高興，很高興。」

「什麼最後？你不要說得像遺言啊！」兩人趕緊糾正小朋友口誤。

「把我看作一樣的人，很高興。」吳以文努力追加一句。

童明夜伸手攬著吳以文後腦勺，傷腦筋地笑了：「小寶貝，你今晚話特別多喔！」

「就因爲萍水相逢的緣分，你就拿命來救嗎？」林律人紅著眼眶斥責，因爲少了眼鏡遮掩，那種以怒意掩飾眞心的情態特別清楚。

吳以文站起身，夜風吹得髮絲飛揚，他們與那雙幽靜的眼瞳互望著，不知道這是否就是交心的感覺；雖然他們才認識不久，短得希望來日方長。

鐵門遭到重擊，打斷夜晚的靜謐，門後匪徒叫囂恐嚇，看來已破解家政教室的障眼法。

吳以文將繩子綁上角落突起的鋼筋，用力扯了扯。

「我帶明夜下去，律人自己下去。」

林律人聽了，白皙的臉龐又白上一層，他並未受過任何飛虎隊的訓練。

「明夜，抱緊，別咬舌頭。」

童明夜本來還幸災樂禍，他有小文文接送，小少爺沒有。但他很快就嘗到苦頭，吳以文的「下去」幾乎就是自由落體，中途只在牆面緩頓一次，他差點就尿出來。

待兩人平安落地，林律人把繩子拉上來，欲哭無淚。

不能出聲，底下人打手勢叫他把繩索綁在腰間，剛才吳以文沒採取任何安全措施就跳，那是因爲他不是人，是九命神貓來著。

林律人套著吳以文給的布手套，心一橫，往懸空的後方踏出一小步，隨即嘗到失重的滋味。

他拚命抓緊繩子，緩著下墜的速度，懸在半空搖晃，好一會兒才重新找回感官，下面的人輕叫著「律人、律人」，聲音越來越近，可見等著他的並非萬丈深淵。

到最後兩公尺，林律人脫力倒下，不偏不倚栽進吳以文懷裡。

林律人顫抖不止，無法雙腳站立。吳以文扶著他，沒有出聲催促，耐心等他回復。

「律人好棒。」

林律人擰住眼中的淚，驕傲地勾起脣角。他會開始前行、不再逃避，希望這樣的自己有資格不被拋下。

吳以文扯下繩索，帶兩人沿著圍牆樹蔭往後門跑。說是後門，卻不像前門、側門有明顯通行的出入口，而是高大圍牆底下一扇半腰高的小鐵柵門，主要用途是排水。門後通往無主墳地，平時很少會有學生晃來此處。

生鏽的鐵門被吳以文隻手扳開，讓林律人屈身走過，再把發起燒來的童明夜塞過去給他。然後，吳以文換上另一把新鎖，把鐵門鎖了。

林律人整個人呆住，現在是怎麼回事？

「阿文，怎麼不過來？」童明夜扶著林律人的肩膀，迷糊喚著，「那些人有刀有槍，平時作惡慣了，吃孩子不吐骨頭，很危險……」

吳以文只是往鐵門鋪上雜草藤蔓，把兩人當作寶物藏起來。

兩人合力搖著那扇小鐵門，顧不得別的，就是要把那呆子捉回來，都怪他們太沉浸在他英勇的表現裡，忘了吳小朋友腦子少螺絲。

「阿文！」

「以文！」

事情鬧那麼大，慶中主力大概會全部集合過來，這票案子勢在必得，阻礙者一概鏟除殆盡。就算吳以文英雄出少年，身手蓋世無雙，也只會在槍林彈雨中被打成蜂窩。

操場聚集近百個幫派分子，黑壓壓一片，吳以文垂眸望著大軍壓境的景象。他一個男孩子佇立在黑暗中，有種說不出的詭譎，讓人不敢輕舉妄動。

他邁開腳步，明知前頭只有死路。

這種時候，自己仍想念著他，只想著他，希望永別以後，他能永遠記得自己，爲自己掉淚，把自己留在心房。

槍聲響起，吳以文被人從後腰抱住，拚了命把他拖離槍口射程的死線。童明夜用槍打爆鎖頭，而林律人衝上前線把吳以文往後帶走。

「你那是什麼問號的臉！我們不是同伴嗎！」就像吳以文放棄逃生的機會救他們，他們挖出心都沒辦法自個脫逃，不能接受他自作主張的犧牲。

「你們比較珍貴……」吳以文呆呆看著兩人，這下完全沒有生路了。

「說什麼傻話！」童明夜和林律人異口同聲咆哮。

大頂響起悶雷，吳以文把兩隻幼崽按在懷中，抬頭仰望上蒼。

突然間，電光霹靂，十里天際青紫閃動，一台藍色小貨車從學校後牆飛躍而來。

「小貓咪們，大哥哥來救你們啦！」貨車引擎蓋上站著束髻古袍的年輕人，手持青紫寶劍，堂皇登場。

該是黑幫片的場景卻冒出仙風道骨的道士，任誰都會看得傻眼。

小貨車急煞在黑道和少年們之間，停妥後，走下一個像是不小心從模特兒伸展台跨足到世間的俊美男子。來者看著三名少年，又看向貨車另一頭凶神惡煞的流氓，從車廂抽出扳手掂了掂，覺得不夠力，再換上一把沉重的鐵鏟。

「大欺小，太明顯了。」大帥哥活動一下肩關節，似乎在爲接下來的戰事熱身。

童明夜忍不住提醒：「那個，他們有槍。」

「不用擔心，我體質防彈。」大帥哥無畏拋下一句，轉頭向友人叮囑，「大道士，自己小心點。」

大道士微微一笑，拔劍而出。

「這是什麼人？」林律人還沒從視覺衝擊中清醒過來。

「貓咪大仙的使者。」吳以文平板的聲調隱隱流露出對神仙哥哥的崇拜。

接下來的場面，他們不知道是緊張過度，出現幻覺還是什麼的，電光、暴風、大火，槍桿子和冷兵器全成了無用廢鐵，目睹一場凡人與大神之間的華麗群架。

完封後，大帥哥用車上無線電報警，向三個男孩解釋很抱歉先去打人再報警，程序不對。從置物櫃拿出紅茶和餅乾，給小朋友壓壓驚。

「謝、謝謝。」童明夜和林律人拿著乾糧，總覺得像作了場春秋大夢，神仙哥哥還長得很帥，胸前掛著「喪門」的識別證。

「真君要我來尋你，非常擔心。」

道士和吳以文是舊識，在一旁聊著天，大部分都不是常人所能理解的內容。

小店員接收到的意思：貓很生氣，毛都炸了。

「祂請求我替你鑄造完整的命格，天命受損也無妨，只盼你一世平安。」

吳以文搖頭，有時候貓會睡很久，叫都叫不醒。

「世人鮮少能受神明眷顧，你是個幸運的孩子。」道士溫柔輕拍男孩的腦袋。「陸某出手也不能太寒酸，我就抽了申家的皇帝命用用。」

「皇帝？你是說未來的大總統嗎？你又隨便扭曲天意！」大帥哥以十大優良青年的姿態教訓著。

「喪門，我就是天啊！」大道士燦爛笑道。

童明夜和林律人真覺得這兩個疑似大學生的神祕人物，是今夜最不可思議的存在。

陸祈安大笑完，冷不防握住吳以文雙手，沒給他抽開的機會，拂走纏繞在指間的陳舊血污，然後低身托起男孩雙頰，以師長的角色指導前路。

「記著，這裡是人間世，徒有仁義慈愛成不了大事，寧可爲決斷殺伐的暴君不做昏君，不要忘了你眞正欲守護的寶物。」

吳以文怔怔點著頭，陸祈安摸摸他腦袋。

「從今以後，要活得比任何人都還驕傲。」

大哥哥們說等下還要挖墳撿骨，客氣地告辭了。小貨車往黑夜奔馳而去，眨眼間消失無蹤。

三人不約而同打個激靈。

他們彼此扶持，蹣跚走出校門，刺眼燈光立刻打在他們臉上，隨即一聲疾呼——

「律人！」

「我家的人來找我了。」林律人交代一聲，鬆開吳以文的手往黑轎車群走去。

林律行風風火火把人拉到身邊，從頭到腳檢視過，看看有沒有少掉什麼；而林律品輕佻倚著車門，依然是那身模特兒派頭。

「有人給我們假消息，但律品堅持你在學校，我們才會撥一隊人馬過來。好在來得及，你還沒死！」林律行用力拍打林律人的背，林律人拜託小表哥住手，林律行才不好意思地收手。

「你說話時的那種回聲，背景又混了一點水聲，分明就是困在廁所。你單調的通學路線能躲的廁所除了學校，我還眞想不出別的，怪就怪我們家主事的兩個年輕叔叔沒有大腦。」

「別看他這麼囂張，律品其實也很緊張，連大伯的電話都打錯了。」

林律品對小精靈橫過一眼，林律行瞪回去，他有說錯什麼嗎？

「謝謝你，大哥。」林律人給了林律品最想要的回報——原本長房繼承人受人倚賴的地位。「只有今天這麼叫。」

林律品一怔，而後嗤了聲：「眞不可愛。」

「律人，我跟你說，成叔搶了電話去罵大伯，你沒看到眞可惜。」

「什麼？」

「『我的小少爺如果有什麼萬一，我就跟你拚了！』成叔覺得就是大伯那種不冷不熱的態度，才害你被歹人看上，以爲你在林家不重要。開玩笑，我們林家每個人都很重要！」

「可是，都是我害律因大哥……」

「那是大伯的錯。」林律品一口咬定，對老家主沒半點敬意。

「對，根本是大伯的問題。律因哥沒死成，多虧成叔哭了整晚，要是換成大伯去守床，早就掛了。」林律行也這麼認爲，哪有人沒事會囚禁自己兒子，老了沒某眞可怕。

「你就是什麼事都憋在心裡亂想，說出來不就得了？你不跟我們說，難道外人會聽嗎？」

林律人垂著臉，悄然落下淚花。

「秦姨煮了豬腳麵線。」林律行大聲公嗓門放輕三分。

「我不喜歡吃豬腳……」林律人抽噎地說。

「你眞的很挑食欸……好啦，走啦，回家去。」

正當林律人與家人團聚，童明夜攬著吳以文悲春傷秋。

「唉，就剩我們這兩個小可憐……」童明夜瞥見與林家黑西裝人並排的藍衫人，虛脫的身子不禁抖了抖。

童明夜走過去兩步，回頭看向吳以文，又直起腰桿來到藍衫人簇擁的老人面前。不能逃避啊！

「老爺子。」童明夜想表現得恭敬一點，但每次出口就像叫自家爺爺，沒辦法抵抗體內的痞子基因。

「少主的位子不坐，寧願在慶中當狗給人使，很好啊你！」

「哈哈，我只是對貴幫有些誤解，貴幫似乎也誤解我這純樸善良的小子……」

「你父親捎信，把你記在我名下，還不快滾過來！」天海老幫主大喝一聲。

「咦，您不是口口聲聲要殺我爸嗎？」童明夜無不驚疑。

「夜，少主的位子懸著，暗算幫主老爺的次數顯著上升了。」右邊的藍衣女子西施捧心，眉宇輕愁。

「怎麼那位子變成我的？你們就讓小冥小姐招婿來做吧！」童明夜哀哀抗議，孩提時代只不過和老頭子黏得近，就被掂記上心了。

「回來吧，兄弟們都念著你。」左邊的藍衣大漢拍拍他肩頭。

「以前的我才幾歲？天海幫眾是有戀童癖嗎？」他們竟然發動他最抗拒不了的人情攻勢，太卑鄙了。

天海老幫主啞著嗓子說：「給你母親修了墳。」

童明夜聽了，克制不住掉下淚來。他媽媽寧願跪在老人面前，被說是害人妻小的第三者，也不肯讓出他半分。

他雙腳一軟，左右大哥大姊立刻攬住他，吩咐下去備妥醫護室。

「老爺子，打個商量，能不能只吃你用你的，不當黑社會呀？」童明夜還在抵死掙扎，試圖維護他早就黑了一半的良籍。

老幫主氣得吹鬍子：「你媽沒了，現在你要嘛在底層當溝鼠，要嘛穿西裝當頭頭，白不了的！」

「逼良為娼啊！」

兩邊都有人來接，吳以文獨自站在燈火闌珊處。

突然有輛警車甩尾衝入人陣，不等車子熄火，副駕駛座的人就開車門跳下，散著一頭長髮，抿緊朱唇，踉蹌走向單薄的男孩。

連海聲在他面前握緊雙拳，隨時都會爆發出來。

「老闆，對不……」

吳以文還沒說完，連海聲就將他深擁入懷。

「老闆？」吳以文輕聲叫喚，可連海聲好像聽不見，喉頭抽動，說不出完整字句。

「以文、以文……」

聽著連海聲不捨的嗓音在耳邊撓著，吳以文懸空的雙臂才斗膽反回抱。

他記起年幼時，有天下雨，他醒來床邊沒人，走出小屋去找。那個總是笑著、說得自己無所不能的男子，抱著無名的墓碑嚎啕大哭。

——雯雯、雯雯……妳為什麼拋下我一個人！為什麼！

男子哭得聲嘶力竭，把死去的女人當仇人咒罵著，非常痛苦，也非常悲傷。

他沒有他以為的那麼強悍，所以幼小的自己必須快點長大，保護好他——這是自己生命最初的心願，怎麼會忘了？

連海聲猛地把人推開，要不是吳以文平衡感夠好，早摔了一屁股泥。

「回去！」店長深仇大恨般瞪著店員。

「是，老闆。」

吳以文低首跟著連海聲的腳步，半途回眸，分別向林家和天海那邊注視著他的林律人和童明夜揮手。

「明夜、律人，再見。」

明明才生死交關，卻被他弄得像平時放學一樣。

「掰掰！」兩人也高舉手臂揮舞。

大批警力趕來，一個都不漏地逮捕歸案，包括教室內那個半裸校長。

吳警官開車護送被害人回家，截至目前爲止，已經撞毀四、五個路標。

吳以文坐在後座，副駕駛座上的連店長可能連日心力交瘁，上車沒生悶氣多久就倒在司機厚實的肩膀上，睡得不醒人事。

這在平常沒什麼，但在吳韜光坐握著方向盤的時候就是玩命。分局長特別派了台公務車讓他隨時開著，至少路人看到警車會閃得比較快。

「你怎麼都不跟我說話！」

「師父，前面……」

又一個三角錐飛來，處於這種隨時會翻車的狀態，吳以文除了盯緊隨車搖晃的店長，無法分神做別的事。

「我記得你小時候很喜歡讓我載出門，還會舉手說：『車車飛！』」

俗話說，初生之犢不畏死，但此一時，彼一時。

「師父，老闆不可以死掉……」吳店員誠心請求吳警官注意交通安全，美人店長的性命正掌控在師父大人手上。

吳韜光老大不高興念舊時被打斷：「他哪那麼容易死！來的路上罵個不停，氣我對你不好，好像全世界除了他可以打罵你，別人都該捧著你！莫名其妙，自己不會養，只會怪別人！」

最可恨的就是，看著連海聲那混蛋，就像看著他自己。

吳韜光眉頭緊蹙：「我本來以爲我們之間什麼都沒剩下，今天看你挺身救了朋友、對抗暴徒，算我沒白教你，這才是我徒弟！」

一般家長早把小朋友打死了，但吳韜光覺得男子漢就該爲弱者而勇敢。

「來，局裡送的中秋禮盒，你拿去。局長知道我找到孩子，特別多給我一份。」吳韜光放開方向盤，推走肩頭沉魚落雁的美人，從腳踏墊拎出包裝精美的月餅往後座扔。

「師父一直在找我？」吳以文接住月餅。

雖然吳韜光反覆強調好幾次，但小朋友眞的記在心上了，反而不太想講。

「你失蹤那陣子，有具無名囝屍很像你。我大半夜叫你師母來認，她本來說是，又說不是……總之，只會給我們添麻煩！」

吳警官不知道自己什麼不提，提這個人生污點幹嘛？當時妻子遺憾證實後，他渾渾噩噩走到停屍間外的廁所，直到妻子敲門、開門，溫言軟語哄著：「不要哭了，沒事了，是我認錯，小孩還活著。」他怎麼都站不起來，嬌小的妻子只好抱著他腦袋，把他當孩子安撫。

吳以文捧著中秋禮盒，從之前班上討論過節的習俗得知，只有親人才會在節日惦記彼此，互相贈禮。

「師父，我不是好孩子。」

「早看出你是這麼一個不肖的東西！」吳韜光又撞飛路邊一盞ＬＥＤ警示燈。雖然他偶爾會想起小徒弟剛來那陣子很有活力的模樣，每次到山上修行都會抱著自己肚子睡覺，就像取暖的小狗崽……「反正我也不是什麼好爸爸。」

後面這句，吳警官幾乎含在嘴裡，英俊的臉皮繃到極致，如果不給他一個台階下，這警車很可能會開到地獄去。

「師父，對不起。」

「你又道什麼歉！」

「我想和老闆一起生活，店裡很漂亮、有貓，我喜歡。」

吳韜光生氣地踩下煞車。在一連串事故後，警車竟然能平安抵達古董店。

他捉過小徒弟帶著沙土卻不見擦傷的手臂，隨手用口袋裡的簽字筆寫上市分局辦公室的電話號碼，又賭氣似地簽上自己的大名，彰顯這是他家的東西。

「幼稚。」前座響起店長的數落。

「連海聲，我警告你，給我看好他！」

護送完主僕倆，吳警官又風風火火開車回崗位執勤。

吳以文扶著虛弱的店長，門口等著圓滾滾的虎斑貓，推開琉璃門板，燈光自動亮起，光芒散在水晶櫃上，映照出一片柔和。

吳以文原本要攙扶店長進房，連海聲發話說他想在外頭坐坐，聲音很冷淡。

貓盯著垂首的店員，也很冷淡。

「我餓了，你去熱點什麼過來。」連海聲坐上櫃台，像平時一樣使喚店員。

吳以文以爲自己聽錯了，直到店長大人重申一遍御令。

沉寂許久的廚房隨即熱絡起來，連海聲撐頰望向夜晚的街道。那笨蛋根本不知道自己服侍的是怎樣的危險分子，遲早會被牽連其中。

不一會兒，吳以文端出暖胃的米粥，香氣溢滿空間。店員放下湯品和餐具，行禮後退到後頭，不打擾店長用餐。

連海聲喝著湯，湯勺隨心思輕微顫抖。笨就算了，怕就怕人死了，自己沒辦法不掉淚。

華杏林事後坦承，安樂死當然是騙人的，有那麼多研究可以做，她何必浪費活體材料？見某人愀然變色的模樣，瞞著她連夜把小孩抱走，還說不是心肝寶貝？

連海聲只給醫生一句話：去死吧！

她又說，就算親生父母和孩子之間也存在著利害關係，沒有像東方傳統美德渲染得如此純粹美好，但有時候，即便是殘疾的幼兒，在物競天擇的社會一無是處，仍能幸福成長，端看他有無受人憐惜。

店長對夜色發怔了一陣，後頭突然傳來打鬥聲，戰況十分激烈，貓叫聲不絕於耳。然後，吳以文頂著一頭亂毛和一臉貓爪印，哭喪著臉跑到店前找連海聲告狀。

「老闆、老闆，我少煮幾頓，胖貓就打我……四爪合力欺負……喵嗚哇……」

「說人話！」

連海聲被迫調解人貓衝突，當著貓的面訓了店員一頓。

於是乎，古董店又過了一個平靜的夜晚。店員半夜抱著和好的貓前來擠床，連海聲不爽推了兩把，還是讓小孩睡在身旁，無可奈何地養了下去。

尾聲、成謎

安養院病房，婦人僵硬地撫著養子的手，即使她過去從來沒牽起半次。

「子晏，媽對不起你……」

洛子晏虛應一聲，繼續坐在冰冷的折疊椅，讀著學生寄來的信。他在這裡全天照料，唯一的休閒就是收看小可愛的信件。

他不免後悔，如果自己再堅強點，應該把那孩子一起帶走才是。

之前書信停了一陣子，他幾乎要動身去探看情況，接著來了一封寫著高潮劇情的信，吳同學用端整的字跡、溫柔的口吻表示——他要去屠龍了。

洛子晏不禁膽戰心驚，深怕那孩子做出什麼傻事。

「洛老師。」

聽見久違的稱呼，洛子晏意外抬頭，見到一名高禮帽燕尾服男人，自稱是一等中新任校長。前任校長因爲多項罪名遭到免職，落到林家手上後就沒消沒息了。

「我聽聞你家庭的困境，申請醫療補助，有專人會來接替照護你母親，希望你能回本校任教。據我所知，你是個難得的教育家。」高禮帽男人向洛子晏翩翩行禮。

「哎喲，你瘋了嗎？」洛子晏不知道自己什麼時候變得那麼不可或缺？

眼見這樣還說不動他，高禮帽男人打了記響指，外面梨花帶淚衝進一名福態的老學究。

「子晏、子晏，我可憐的徒兒，真是苦了你啊！」

「老師？」洛子晏嚇得站起身。

莊教授抱著他的愛徒痛哭失聲，就是有這麼一個真心疼愛的對照組，洛子晏才分得出寄養家庭偶一爲之的歉疚與親情的不同。

「那群孽子竟然亂用我的名義發文，我的大才子當然是世上最棒的老師，只是他不肯繼續進修接我棒子，他就是想當高中教師，回報他導師的恩情……看看，多麼好的孩子啊！」

洛子晏眼角含著淚光，低首理了理恩師發黃的領子，沒有理會身後養母的吱叫。

「老師，獨居的成本太高，我想搬回家。」

莊教授連著點頭答應，還向床上婦人保證，他一定會好好照顧洛家老么，把他當自己孩子，沒看出對方惱羞的神情。

「子晏，回去記得安撫小今妹妹。鄰母透露，你不在，她天天哭著下班。」

「唉呀，我怕她見了我會打死我。」

洛子晏拋棄病母回去自由生活，果然被樓小今痛揍一頓，她一個人搜集前任校長的罪證有多不容易？沒良心的東西！

不過，他心頭最掛念的還是那個孩子——

「老師早。」

「小文，早安。」洛子晏溫婉笑笑，自然受下，沒道出這是小朋友第一次主動向人打招呼。

三人重逢於校園。

「啊哈哈，看看，一等中制服！」童明夜扒開外套，露出閃亮亮的學生制服，從今以後，他就是體育班的頭頭了。他原本的學籍是在下年度，所以算提早入學。

林律人白了他一眼，吳以文正忙著擺放餐具。舊校舍重建，只好從音樂教室遷出，尋找新據點。

童明夜笑嘻嘻勾住吳以文頸子：「從見面就覺得我們有緣，不如結拜爲兄弟好了。」

「好。」

「可以。」

「兩位，你們同意得好乾脆。」童明夜只是隨口說說。

吳以文拿出貓咪瓷碗，倒入開水，率先咬破手指，作爲血底。

「孩子，你從哪裡學來歃血爲誓這招？」童明夜大感訝異，他還以爲三人的思路比較偏西洋童話風格，勇者、公主和大廚。

林律人轉眼間也從大拇指擠出兩滴血，童明夜有點害怕起他們的行動力，下意識搖頭，卻被吳以文牢實架住。

「不要啦阿文，看起來好痛……啊啊，律人少爺你幹嘛咬我，你不是有潔癖嗎！」

「我不想再去交際同齡友人。」林律人認爲既然有緣結識，就認眞過一輩子，省得日後老了廢了還要去找什麼知己。「啊，我是爲了以文，你是順便而已。」

童明夜看向吳以文，想尋個一世相守的理由，但吳以文看來什麼也沒想。

「明夜。」

「文文寶貝，你發呆結束啦！」

「願咪咪大仙保佑你。」吳以文雙手合十，似乎把結拜儀式和大宇宙不可思議的神祕力量混在一起。

「阿文，你千萬不要誤入什麼邪教啊！」

這時候，碗中三滴血默默融合成一大滴，他們看著，心中不禁生起微妙的感覺。

「要是我們三個其實是親兄弟，那就好笑了。」童明夜乾笑說道。剛好現場有兩名生父不詳的小朋友。

「我們如果是親兄弟，那你爸一定是個大混蛋。」林律人一針見血，能有三個同年的兒子，可見父親多麼花心混帳。

「阿人，這樣說來，我爸不是你爸？你怎麼可以消遣你自己？」

「我這種世家公子，怎麼可能認垃圾作父親？大伯就是我父親。」

「別吵了，我們都是小貓咪。」吳以文挺身制止兩人吵架，但他的邏輯很有問題。

「好，我們都是小貓咪——」童明夜和林律人分別左右攬著吳以文肩頭，三人在草地上搖晃好一會兒，其樂融融。

十三班教室，戴著黑框眼鏡的少年提筆寫著私家報導。

一等中學生失蹤案宣告終結。犯人爲當家校長，藉由權柄掩蓋罪行。這件案子背後帶出公立學校派任管理者的弊病，學生一無所知，教職員無力反抗，直到犯人自掘墳墓動上林家子弟，被家族勢力對立的政敵揭發惡行，這個魔鬼才終於被驅逐出校園。

楊中和嘆了口長息，世人對弱勢的冷漠、惡行的冷感，眞是不可思議。

或許五年前那場不了了之的爆炸案已悄悄暗示著，即便殺人放火，也能全身而退。

原本極有可能成爲被害者的吳同學，今天中午鈴響就活蹦亂跳地往外跑，應該是交到了朋友，太好了。

不久以後，楊中和切身體認到，原來他同學才是這所學校最大的謎團。

電話鈴響，女子接起。

「你好，這裡是吳公館。」

「老公不在，方便進去喝茶嗎？」

白裙女人打開雅致的木造大門，門口倚著俊美如妖的黑衣男子，冷眼以對。

「許久不見，裡頭已經變得這麼乾淨啦？」殺手從玄關望去，筆直到底的木板長廊通向明亮的飯廳，飯桌總是家庭最溫暖的地方。「妳的警察丈夫要是知道他美麗的小家園曾經染滿鮮血，一定很有意思。」

本來以爲組織派出一隊菁英太小題大作，沒想到捉一個小孩會弄到全隊失聯。當殺手來到現場，從門口頸骨斷裂的屍首開始算起，閣樓吊著一個、浴室戳穿眼窩一個……算到廚房開膛剖腹而死，與雞鴨魚相映景的最後一個，每道致命傷都是那孩子抵死求生的證據，整個家幾乎是件完美的藝術作品。

差就差在女人跪坐在長廊上，曳地白裙染滿血紅，口口聲聲說她已經處理完畢，那孩子死了、死了、死了，卻交代不出屍體。

「闇，你回來做什麼？」女人表情死板，連敷衍的微笑也沒有。

「看看我那個被慶中欺負的寶貝兒子，還有跟妳討個東西。吳韜光告訴妳找到那孩子的時候，妳是不是嚇得不敢闔眼呀？我很好心，妳就把人交給我，我會好好栽培他成爲組織最棒的刑具。」

「沒有那個人。」女子冷冷道，殺手聽了就要笑破肚皮。

殺手從懷裡拿出男孩穿著高中生制服、牽著自行車在夕陽下前行的照片，笑咪咪地看女子半垂的美目睜大成圓。

「是呀，沒人了。我們做這行的都知道，一旦跨越那條線，就不可能再變回人了。」

《Sea voice 古董店 3》完

番外、義結金蘭

樓頂，風很大。

「是說，朋友之間都在做什麼？」

林律人問道，正在替制服繡學號的吳以文跟著看向童明夜，童明夜裸著結實的上半身，一時間不知該如何回答。

「你們不要這樣，難不成從小被外星人隔離嗎？我看了好想哭。」童明夜好心地爲認識不久、結拜也沒幾天的哥們解惑：「就是打打球、吃吃飯，還有像現在，大家待在一起什麼也不做。」

「我不要打球，我討厭運動，流汗好臭……」林律人癟了癟嘴。

「王子殿下，你這番話要體育推薦生的我情何以堪？」

「我跟文文，會，滾來滾去。」吳以文慢了四拍後才回答，童明夜和林律人異口同聲「嗯」了聲，不明白。

吳以文放下童明夜的新制服，躺下來，用後背蹭了蹭水泥磚，親身示範自己的課餘活動。

林律人和童明夜花了兩秒在心裡翻譯出吳以文的意思——「文文」是隻圓滾滾的虎斑貓，在吳小文心中是他的好朋友，文文和小文平時的娛樂就是一起在古董店打滾。

「阿文／以文，你怎麼那麼可愛呢？」童明夜和林律人撲抱上去，吳以文不明所以，但還是筆直坐著，任由他們抱抱。

過了一會兒，吳以文見兩人仍賴在他身上不打算放手，小聲說道：「不要抱太久，我會害羞。」

童明夜忍不住掐了下吳以文的撲克臉頰，學怪叔叔調戲下去。

「你笑一個，我就放開手。」

「沒錯！」林律人高傲幫腔。

吳以文深吸口氣，用力抿了下脣角，讓自己看起來像在笑。兩人瞬間拿出手機，童明夜咧開嘴，林律人也露出社交用的微笑，啟動照相功能，嚓嚓嚓三連拍。

「這應該也算是朋友之間會做的事。」童明夜低頭將相片傳給他一堆道上的乾哥乾姊，立刻引起黑社會世界廣大回應。不管白道黑道，大家都喜歡美少年。

「我要拿給成叔看！」林律人點選「美化」功能，滿意地修完照片後，抬頭看吳以文呆呆望著他們。「以文，你沒有手機嗎？來，我教你。」

「律人老師，我也要學！」童明夜雙手壓在林律人肩頭湊熱鬧，林律人白過一眼。

「律人，這是什麼貓？」吳以文指著林律人手機螢幕的貓咪圖示。

「對呀，這什麼？」童明夜也沒見過這個ＡＰＰ。

「童明夜你好重，給我起來！」林律人幻想的浪漫背抱就這麼無聲幻滅，很累又很熱，眞不舒服。「我這可是最新機種，功能也是獨步全球。」

「哦！」

林律人弄了好一陣子，也沒弄出什麼名堂，可是吳以文正睜大眼望著他，他可以負天下人，就是不能讓這孩子失望。

「阿人，好了啦，你回去再研究，讓阿文繼續繡我的學號吧？」

「再一下就好了！」林律人快哭出來了。

「啊，你們三個，煩死了！」一聲獅吼，陰冥披頭散髮走來。學校樓頂一直是她的地盤，她看童明夜鞠躬哈腰向她拜託，才勉爲其難讓他們在這裡吃便當，眞是天大的錯誤。

「學姊，對不起——！」因爲陰冥氣勢太強，三個男孩子不禁一起低頭道歉，而吳以文則偷偷覷了她一眼。

「手機拿來。」陰冥命令道，林律人迫於不想仰視她豐滿的胸前，才交出機子。「這個應用程式是睡前故事產生器，先註冊帳號，分享一個不同於常人的人生經驗，官方認證後，才能登錄使用。它是隨機贈予的程式，就我所知，目前國內只有這一支有。」

林律人聽得不可思議，一如他的人生，總是被莫名的幸運看上，得到許多人夢寐以求但實際上他不怎麼想要的寶物。

「姊……學姊，既然全國只有這一支，妳怎麼知道使用方法？」童明夜差點失口叫錯，天海孫千金與天海內定少幫主這層關係不能見光，他們黑社會在公開場合都很低調。

「我就是知道。」陰冥冷淡地回。

不得不說，學姊眞神人。

「請問——」吳以文鼓起勇氣向在意的女孩子搭話。

「幹嘛？」

「它會不會喵喵叫？」

陰冥蹙著細眉，她並沒有掌握到細節資訊。

「你們自己玩玩看就知道了。」

陰冥甩髮走回陰影處睡覺，三個男孩子趕緊湊在一起點貓貓玩。可是他們還沒玩出端倪，午休結束的鐘聲已經響起，三人無不露出遺憾目光。

童明夜打了記響指：「不如週末來我家玩吧？」

星期六下午，黑色轎車駛進古董店轉角，林律人撐傘從後座下車，左肩擔著一只素色麻布袋，裡頭仔細放好換洗衣物和盥洗用具。

他從沒和別人私下出遊過，不知該穿什麼衣服比較合適，挑挑選選都是襯衫之類的死板服裝，不得已，只得向二表哥林律行借衣服。林律行豪爽答應，大方帶小表弟到自己房間的衣櫃，強塞一件王冠圖案的白色T恤給他。

林律人剛收好折疊陽傘，街角對面就響起童明夜的大嗓門——

「律人少爺，小夜子來啦！」

童明夜故意內八字蹦跳到林律人面前，林律人一臉看到什麼髒東西的樣子，從童明夜染得庸俗的金髮、惡俗的骷髏黑上衣，一路往下嫌棄到那媚俗的破牛仔褲，恕他無法苟同小混混低劣的品味。

童明夜也不生氣，畢竟有話直說的美少年非常稀有，而且林律人都不知道自己生氣的模樣格外靈動，不再是冷冰冰的小王子。

童明夜拉過林律人雙手，兩人順時針旋轉一圈。

「與惡魔共舞，你今晚就要成爲我的晚餐了。」童明夜咧開一對小虎牙。

林律人挑起細眉：「魔孽，你膽敢食下我的血肉？」

「怎麼不敢？」童明夜勾起林律人的下頷，林律人欲拒還迎，別過臉又回眸瞅著英俊的惡魔。

銅鈴清響，琉璃門板開啓，打斷兩人臨時起意的情境劇。

「明夜、律人，等一下。」吳以文抱著虎斑貓探出頭。他們兩個卻聯手把小服務生抓出來，用力揉他頭毛懲戒。

當三個男孩子玩得正開心，銅鈴再度響起。一名高挑的長髮美人曼妙走出，柔美的青絲披在右肩，中式白衫開著V領，下身曳著酒紅色的裙裳，連挑剔慣了的林律人都不住屏息，可惜童明夜再怎麼努力也沒看見乳溝。

這人的形象和他們腦中所描繪壓榨小貓咪、腦滿腸肥的邪惡雇主形象完全不同，連海聲和吳以文說話前傾的身姿就像低垂的柳枝，娉娉裊裊，宛如從畫卷走出的仕女。

他們也不是沒見識過美人，自家早逝的母親就是上個時代的佳麗，但還眞的沒見過這種規格。

「文文，你們在店門口幹嘛？」連海聲鳳眼一睨，整個世界似乎爲他這聲悅耳的嗔怒靜止半秒。

「老闆。」吳以文喚了聲，連海聲浪費時間等了他十秒才有後續，說過多少次了，不要老是呆呆地看著他。「這是明夜和律人。明夜、律人，這是老闆；這一隻是文文，喵！」

「你下午請假就是要跟這些傢伙出去？」連海聲眼角斜睨過童明夜和林律人一眼，眼神明顯流露出不屑和鄙視。林律人眉頭跳了下，童明夜背脊有些發毛。

吳以文抱著貓點點頭，又眨眨眼。連海聲可以從那張撲克臉感覺到店員開心又害羞的心情——交到朋友了，要跟朋友出去玩，好開心。

雖然連海聲一開始把店員送去學校就是要他想辦法建立人際關係，但吳以文眞的靠自己成功踏出腳步，店長大人的心情反倒有些複雜。

童明夜主動幫吳以文解釋來龍去脈，當他說到「沒手機」這件事，連海聲不禁擰起眉頭。店長本來以爲活像個啞巴的吳以文不需要行動電話，沒想到手機已經是學生社群中彰顯身分地位的標誌。

「事情就是這樣，請讓我們帶他在外過夜一晚。」童明夜和林律人向古董店店長誠心拜託，覺得吳以文像是十二歲以下的孩童，未成年保護級，必須徵詢監護人同意。

連海聲擺擺手，叫店員要去快去，順道頒布新店規：以後星期六下午強制休假。

吳以文謝過店長聖恩，回房間換上便服，出來仍是一身白襯衫和西裝褲，乍看之下像個家教優良的小公子。連海聲滿意地「嗯」了聲，如果笨蛋店員不要揹著毛茸茸的貓咪布包就更好了。

「老闆，晚飯在鍋裡，開火，蒸三分鐘。」

「少囉嗦。」

「老闆要記得餵文文。」

「你都說幾次了！」

「老闆再見，文文也再見。」

吳以文依依不捨地向店長和店寵告別，連海聲不耐煩地揮了下手，虎斑貓送店員出門，讓他蹭了下毛才搖擺回去。

「喂，我們等一下要幹嘛？」林律人不客氣問道。

「親愛的，汝之親親名為『明夜』。」童明夜拋了記眼波過去。

林律人老大不願意，但還是更正問句：「明夜，接下來的行程麻煩你報備。」

這趟出遊童明夜打包票負責，林律人雖然很不習慣依靠別人，但他更不習慣團體生活，只能勉為其難讓童明夜主導。

「我們先去買晚飯的食材。」

「為什麼你的重點是吃的？」

「唉，律人小少爺，這你就不懂了。我們三個出身迥異，你是世家公子，我是街頭混混，而小文文……小文文是個謎，興趣愛好應該也不會太相同。但是，民以食為天，人總是要吃飯嘛，吃吃喝喝之中，感情也就培養出來了。這就是我的想法。」

「垃圾。」林律人一言以鄙之。

「阿人，你說我垃圾可以，可是今晚要掌廚的可是文文大廚喔，你不期待嗎？」

被夾在兩人之間的吳以文認眞回答：「會煮很多好吃的。」

童明夜和林律人腦中同時浮現吳以文穿圍裙下廚的模樣，眞是超期待的！

如此這般，他們三人手牽手來到充滿平民家庭氛圍的大賣場，本來在路上大聲談笑的童明夜也安靜下來，一時間不知從何下手。

三人只得推著手推車，開始研究門口張貼的賣場動線。

林律人頂了下眼鏡：「只要逛生鮮區的話，就在一樓採買然後結帳。」

「可是我還要買今天用的衛生紙和洗衣粉、香皀、洗髮精……」童明夜左掏右撈，就是找不到口袋裡那張寫好的清單。

「你怎麼不先準備好？」林律人不由得火大。

「我就集訓到今天早上，沒時間啊！」童明夜右手一攤，「還有我房子也還沒掃，不過你放心，上次阿文才來過，不會太髒啦！」

林律人咬牙切齒，無法忍受童明夜散漫的性格，正想翻臉給他看，吳以文便拉住他衣袖。

「律人，我們上去。」

「好吧！」林律人的火氣因爲吳以文親近的小動作而煙消雲散。

「孩子的媽，你就別生我的氣了。」童明夜自知理虧，雙手合十賠罪。

「我沒你這個無能的丈夫，離婚。」

吳以文咬字有些僵硬，但還是努力回道：「爸爸媽媽不要吵架。」

「噢，寶貝！」

童明夜和林律人為了他們心愛的孩子，決定繼續經營他們認識不到半個月的婚姻。

手推車來到日用品區，童明夜隨手便抓了三樣東西，和他剛才講的那些完全無關。他開心地塡滿半台手推車後才猛然想起一件要事——他沒有帶錢。

「哈哈，怎麼辦？」

「老話一句，離婚。」林律人用眼神叫他去死。

「算我頭上，我請客。」吳以文拿出貓咪錢包拍了拍。

「阿文養我，我下半輩子會對你好的，求求你養我！」童明夜毫不猶豫地半跪下來，求小文親親包養。

眼看吳以文就要答應，林律人早一步掏出額度無上限的金卡，用卡片勾起童明夜有型的下巴，彼此眼神交纏一陣。

林律人心想：可惡，長得還滿帥的。

童明夜眨眼：是吧？

京城大少和賣身葬父民女的戲碼演完後，童明夜回頭退掉多買的抱枕和足球，而吳以文在推車裡添了燈泡和水龍頭，又認真挑選壁紙和窗簾布，還拿起木槌和螺絲起子等工具組。

「阿文啊！」童明夜忍不住叫住吳以文。

「修理房子。」吳以文晃了晃扳手，古董店水電都由他一人全包。

「你的好意我明白，我也絕對不懷疑你的本事，但你是來過夜的客人，這樣我很不好意思。」

吳以文只是說：「明夜是我兄弟，不用不好意思。」

以身相許！童明夜心裡只有這個念頭。

等他們大包小包來到老公寓，天色已經晚下。林律人發現沒有電梯還要爬樓梯後，臉色垮下來，哀怨看向童明夜。

童明夜只得先放下自己的包，揹起林律人往上爬，一邊爬一邊忍不住碎唸世間怎麼有這麼嬌貴的男孩子？林律人傲然回覆：「你這不就見到了嗎？」

他們好不容易上樓，童明夜氣喘吁吁放下林律人，想要下樓回去提東西，沒想到抬起頭，吳以文已經扛上所有行李等在門口。

「律人，很累？」

「好累喔！」林律人臉不紅氣不喘說道，童明夜決定以後都要叫他「林小人」。

童明夜拿出鑰匙，叩答，打開大門。

「媽媽，我回來了。」他閉上眼，想像母親的身影對他回眸一笑。

「阿姨，我們來打擾了。」林律人微笑回應，童明夜怔怔地看向他，林律人又回復臭臉。

「當自己家，不用客氣。」吳以文低眉穿起圍裙，完全融入昏暗的老房子，就像這個家的女主人一樣。

「我……先去廁所一下。」童明夜必須解決眼眶泛起的水霧。他不用解釋一句母親的事，他們就明白他的苦處，還體貼地為他圓場。

童明夜解決完淚腺的排泄，一出來就聽見廚房切切剁剁的聲音，他走過去看見林律人用手帕摀著鼻子站在一旁，都是吳以文在忙。

「油煙好嗆，這廚房怎麼那麼破舊？」

「阿人，我實在不知道該怎麼說你。」

「明夜、律人，飯快好了，這裡熱，先出去。」吳以文前額夾著貓咪髮夾，用手背擦汗，轉身卻看見兩人拿手機對他拍照。

「好想要回家……啊，我說出口了嗎？」

吳以文在報紙副刊上研究過小朋友愛吃的食物，除了童明夜特別叫的滑蛋牛肉和林律人欽點的糖醋魚，又端上漢堡排和去骨炸雞，再加上一大盤和風沙拉，果然兩人吃得吱吱叫，幾乎沒有停下筷子。

六點一到，童明夜連忙打開電視轉向當紅動畫，跟著主題曲哼了一會兒，才發現另外兩個人盯著他。

「抱歉、抱歉，你們想看什麼節目？」

「原來平民百姓吃飯時會看電視，受教了。」

「沒看過。」

童明夜不理會林律人鄙夷的嘴臉，熱心地跟從沒看過卡通的吳以文介紹人物和劇情：主角是穿越到異世界的高中生，他原本是個死宅男，和家人、同學都處不好，卻在新世界認識許多有趣的伙伴，現在主角和他的好伙伴要從敵國手中救回能做出時光機器的漂亮博士。

「有公主嗎？」林律人問。

「貓咪？」吳以文問。

播。

「有、有，主角背包裡的貓正是被詛咒的公主。」

吳以文和林律人立刻聚精會神地望向電視機，直到卡通結束，換上現實世界的新聞主播。

「爲什麼沒有了？」

「一次播兩集，下星期同一時間繼續收看。」童明夜好心說明一般小孩該有的常識，吳以文和林律人好不失望。

吳以文起身收拾餐盤，到廚房泡茶切水果。童明夜和林律人在沙發上小睡一會兒，吳以文回來時又醒來吃甜點，總覺得今晚過得很頹廢，希望以後也能一直廢下去。

「我們是不是忘了什麼事？」

「玩貓貓。」吳以文一直都記得。

「對、對！」

林律人拿出手機，兩人左右圍著他，擠在同一張小沙發。他們已經收到官方系統確認信，信上請他們分享一則不凡的人生經驗。

「只要一則嗎？」童明夜稍微回想自己十五年的人生，還眞是波瀾壯闊。

他爸是個殺手，抓周時送給他一把槍。唸幼稚園的某天，被一群藍衣人抓到山中的大房子，在老爺子腳邊跳上跳下；兩天後，母親哭著把他抱回家打屁屁，他才意識到自己似乎和別人家小孩不太一樣。

「也不先定義什麼叫普通。」林律人從小跟著母親流離，看她寄居在各個男人身下。有天林家來了人，接他和母親回去，他一夕間從社會邊緣的棄子變成林家公子，從此高高在上，睥睨眾生。

「……」吳以文陷入完全的沉默。

他們就是太不普通了，和凡人格格不入，才會湊在一塊玩貓貓。

「傷腦筋，不然我們編一個吧？」

林律人深吸口氣，兩手拇指開始打字。因爲他輸入的是官方使用的英文，一邊寫一邊用溫雅的嗓音唸出原句。

——我一出生，母親就把我塞進玻璃罐中，命令我不准長大。我只能保持安靜，一句話也不說，無知無感，維持嬰兒的模樣。

大概到一般孩童上小學的年紀，一個男人劫走了我。他引導我看見世界的繁景，讓我明白人間的悲傷和喜樂。某天，男子卻突然消失，獨留我一人，害我再也回不去母親的罐子。

我只能用自己的雙腳站立，建造新的保護罐，裡頭有沙發和我所愛的人，剛剛好，裝得進我的笑聲。

林律人點上句號，抬頭見童明夜淚流滿面，嚇了一跳。

「你怎麼了？」

「不知道咩，就是被觸動心房。」童明夜拉過吳以文的袖子擦淚。

不一會，手機響起喵叫聲，三人蹦起身，目不轉睛盯著手機螢幕。

官方回覆：You have amazing imagination. We would like to invite you to join the Asia work team. Please contact us.

童明夜側肘頂了頂林律人，說他是大作家呢！林律人白過一眼，回信婉拒邀約。

「明夜、律人，它眞的會，喵喵叫。」吳以文好不感動，就算對不上電波也被兩人疼惜地摸頭。

「啊，突然好想演戲喔，不是錄影，而是搭棚子的話劇，唱唱跳跳。」童明夜有感而發，有學校唸以後，話劇男主角的夢想又在他心頭死灰復燃。

「這主意不錯。」林律人低眸思索起這計畫的可行性。

「你是認眞的嗎？」童明夜還以爲林律人會吐他槽。

「既然你不覺得我的空想愚蠢可笑，或許，眞能把我的故事搬上戲台。」林律人輕聲說道，童明夜捧起他的臉猛親一口，氣得對方大罵神經病。

兩人熱烈討論起計畫，從公益路線、女性向，到以偶像團體的方式出道，越說越起勁，彷彿他們風靡全市女孩們的美好未來近在眼前。總有些事，一個人再厲害也沒辦法，只有好朋友才能一起完成。

吳以文在一旁點貓貓玩，童明夜和林律人沒問他意見，理所當然當他是一分子。

「阿文，你來取個團名吧？」

「喵喵？」

「好，就叫『小喵喵』吧！」

平時長夜漫漫，今晚卻一眨眼就到了午夜時分，除了童明夜這個夜貓子，另外兩人已半閉上眼。

一起刷完牙，他們在童明夜房間打地鋪，沒安全感的林律人靠牆邊，吳以文睡中間。童明夜精神亢奮，嘴上還嘰哩呱啦說個不停。

「我們個性那麼合，上輩子一定是兄弟！」童明夜喜孜孜地鑽進被窩，「阿文親親、阿人心肝，晚安！」

「晚安。」林律人冷淡回應。

「喵。」吳以文依照跟貓同睡的習慣回應，失言後趕緊補上：「明夜、律人，晚安。」

童明夜：「喵。」

林律人：「喵。」

吳以文無聲望著天花板好一會兒，然後用力摟住兩隻小伙伴。

〈義結金蘭〉完

——九聯十八幫，天海重諾，南丁重義。

暑假到了，古董店店員依然全年無休，

被無良店長孤身外派到南部「談生意」，

對手不明、內容不明、風險不明。

連海聲再三交代吳以文，不到緊急狀況，不准聯絡求助。

然而，電話鈴響——

「老闆，我被劫車了。」

2016 春季．期待上市！

國家圖書館出版品預行編目資料

Sea voice 古董店.卷三 / 林綠 著.
——初版. ——台北市：魔豆文化出版：蓋亞文化發行，2015.12
面； 公分.（Fresh；FS100）
ISBN 978-986-5987-80-0（平裝）
857.7 104025862

SEA VOICE 古董店 卷三

作者 / 林綠
插畫 / MO子 封面設計 / 克里斯
出版社 / 魔豆文化有限公司
地址◎ 台北市103赤峰街41巷7號1樓
電話◎（02）25585438 傳真◎（02）25585439
部落格◎ gaeabooks.pixnet.net/blog
臉書◎ www.facebook.com/Gaeabooks
電子信箱◎ gaea@gaeabooks.com.tw
投稿信箱◎ editor@gaeabooks.com.tw
郵撥帳號◎ 19769541 戶名：蓋亞文化有限公司
發行 / 蓋亞文化有限公司
法律顧問 / 義正國際法律事務所
總經銷 / 聯合發行股份有限公司
地址◎ 新北市新店區寶橋路二三五巷六弄六號二樓
電話◎（02）29178022 傳真◎（02）29156275
港澳地區 / 一代匯集
地址◎ 九龍旺角塘尾道64號龍駒企業大廈10樓B&D室
電話◎（852）2783-8102 傳真◎（852）2396-0050
初版一刷 / 2015年12月
定價 / 新台幣 220 元
Printed in Taiwan

ISBN / 978-986-5987-80-0

FS100

SEA VOICE 古董店 卷三

魔豆文化　讀者迴響

感謝您在茫茫書海中選擇了魔豆，您的支持是我們最大的動力。
不要缺席喔，讓我們一起乘著夢想的羽翼，穿越時空遨遊天地！

姓名：　　　　性別：□男□女　　出生日期：　年　月　日
聯絡電話：　　　　手機：
學歷：□小學□國中□高中□大學□研究所　　職業：
E-mail：　　　　（請正確填寫）
通訊地址：□□□
本書購自：　　縣市　　書店　□網路書店
何處得知本書消息：□逛書店 □親友推薦 □DM廣告 □網路 □雜誌報導
是否購買過魔豆其他書籍：□是，書名：　　□否，首次購買
購買本書的動機是：□封面很吸引人□書名取得很讚□喜歡作者□價格便宜□其他
是否參加過魔豆所舉辦的活動： □有，參加過　　場　□無，因爲
喜歡出版社製作什麼樣的贈品： □書卡□文具用品□衣服□作者簽名□海報□無所謂□其他：
您對本書的意見： ◎內容／□滿意□尚可□待改進　◎編輯／□滿意□尚可□待改進 ◎封面設計／□滿意□尚可□待改進　◎定價／□滿意□尚可□待改進
推薦好友，讓他們一起分享出版訊息，享有購書優惠 1.姓名：　　e-mail： 2.姓名：　　e-mail：
其他建議：

◎請沿虛線剪開、對摺、裝訂後寄回

魔豆文化有限公司　收

103 台北市赤峰街41巷7號1樓

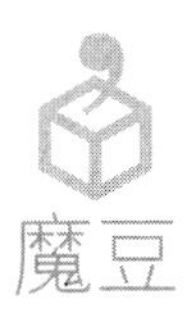
魔豆

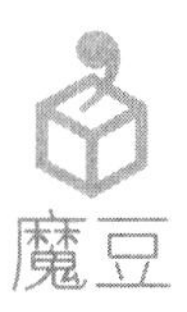
魔豆